제주 사계절
행복 스케치

제주 사계절 행복 스케치

그대에게 제주라는 쉼을 주다

초 판 1쇄 2024년 04월 05일

지은이 곽도경
펴낸이 류종렬

펴낸곳 미다스북스
본부장 임종익
편집장 이다경
책임진행 김가영, 윤가희, 이예나, 안채원, 김요섭, 임인영, 권유정

등록 2001년 3월 21일 제2001-000040호
주소 서울시 마포구 양화로 133 서교타워 711호
전화 02) 322-7802~3
팩스 02) 6007-1845
블로그 http://blog.naver.com/midasbooks
전자주소 midasbooks@hanmail.net
페이스북 https://www.facebook.com/midasbooks425
인스타그램 https://www.instagram/midasbooks

ⓒ 곽도경, 미다스북스 2024, *Printed in Korea*.

ISBN 979-11-6910-578-1 03810

값 19,000원

미다스북스는 다음세대에게 필요한 지혜와 교양을 생각합니다.

제주 사계절
행복 스케치

그 대 에 게 제 주 라 는 섬 을 주 다

곽도경 지음

미다스북스

자신만의 제주살이 맛을 찾아서

어린 아들이 하나 있다. 요 녀석 노는 거 보면 참 똑똑하다. 하루는 블록, 하루는 팽이, 하루는 장난감, 하루는 물감, 요일별로 놀이를 바꿔 가면서 다양하게 논다. 매일 똑같은 걸 반복하면 재미없으니 날마다 다른 놀잇감으로 의미와 재미를 찾는다. 물론, 하나에 꽂히면 그것만 며칠 동안 하긴 하지만 말이다.

어쩌면 제주살이도 우리 아들 노는 것과 닮았다. 한 가지만 하면 재미가 없다. 하루는 오름을 가고, 하루는 올레길을 걷고, 하루는 도서관에 가고, 하루는 그냥 온종일 집에서 쉰다. 그래서 정답이 없는 제주살이다. 자신이 하고 싶은 것으로 하루하루를 채우는 것이 바로 제주살이다.

하루는 맛있는 귤을 마음껏 따 먹고 싶어 '감귤박물관'에서 귤 따기 체험을 했다. 그곳 담당자에게 "어느 귤이 맛있어요?"라고 물었더니, "나무마다 귤 맛이 다 달라요. 그러니 먹어 보고 맛있는 귤나무를 찾아보세요."라고 했다. 담당자가 말한 것처럼 정말이지 나무마다 귤 맛이 다 달랐다. 어느 귤은 시고 어느 귤은 달콤했다. 하지만 더 신기한 건 나무마다 귤 맛이 다른 게 아니라, 한 나무에서 자란 귤도 맛이 다 달랐다. 10개 넘게 따 먹다가 결국은 맛있는 귤 찾기는 포기하고 아무 귤이나 따서 먹었다. 각각의 귤이 하나의 세상이었고 또 다른 맛이었다.

한 나무에 자라는 서로 다른 귤 맛처럼, 누군가의 제주살이는 새콤하고 누군가의 제주살이는 달콤하다. 자신만의 소중한 제주 추억과 맛이 있기 때문이다. 나의 제주 1년 살이는 따뜻한 남쪽 '서귀포'에서 했는데, 맛이 어땠냐고 한다면 귤 맛처럼 달콤했다고 말하고 싶다. 물론 중간중간 쓴맛도 있고, 새콤한 맛도 있고, 깜짝 놀랄 만한 맛도 있었지만 말이다.

자신만의 제주살이 맛을 찾아가길 바란다. 나의 이야기가 그 맛을 찾아가는데, 조금이나마 도움이 되길 바란다.

2024년 봄이 찾아오는 3월, 부산에서 곽도경

자신만의 제주살이 맛을 찾아가 보자.

차례

생각지도 못한 제주살이의 시작

노랑 보라 초록의 향연, 봄 제주

푸릇푸릇 찰랑찰랑, 여름 제주

한들한들 여유 있게, 가을 제주

하양 검정 따뜻한 세상, 겨울 제주

생각지도 못한
제주살이의 시작

01

제주 1년 살이

친구의 말 한마디에 결정되다

나는 15년 경력의 초등학교 교사다. 하지만 그해는 유난히 힘들었다. 스물다섯 명의 초등학교 1학년 아이를 오전 내내 데리고 있었더니 오후에는 기운이 달려 픽픽 쓰러졌다. 아이들이 다 떠난 뒤, 텅 빈 교실에 앉아서 토막잠을 자야 다시 에너지가 차올랐다. 그리고 곧바로 2차전으로 돌입해야 했다.

나의 2차전은 우리 집이다. 직업 특성상 육아 시간을 다소 자유롭게 쓸 수 있는 편이라 아이들 하원은 내 몫이었다. 당시 힘든 과에 발령이 난 아내는 코로나 여파로 신규 업무들이 우후죽순 생겨 눈코 뜰 새 없이 바빴다. 바쁜 아내를 위해 내가 다섯 살 아들과 여섯 살 딸을 돌봐야 했다. 어린이집에서 아이들을 집으로 데려와서는 놀아주고 밥해주고 씻겨주고 재우기까지 했더니 내가 아이들보다 먼저 곯아떨어졌다. 그렇게 보이지 않는 터널을 한 달 넘게 걸었더니 내 마음 저 밑바닥 속에 보고 싶지 않은 나를 만나게 되었다.

한바탕 폭풍우가 몰아치고 평온이 찾아온 집에 아내가 늦게 퇴근해서 왔다. 나는 그런 아내가 미워 보여 쳐다보지도 않았다. 다정하게 맞아주고 싶은 마음은 굴뚝같았는데 아이들 보느라 몸과 마음이 지치니 말과 표정에서 가시가 돋아났다. 아내도 가시 돋친 나를 대하기가 껄끄러운지 슬금슬금 내 눈치를 살피며 나를 피했다. 아내가 미안하다며 일이 많다 보니 어쩔 수 없다며 이해해 달라고 몇 번이고 사정했다. 하지만 혼자만 더 고생한다는 그 못된 마음이 불쑥 올라와 상처 주는 말을 아내에게 쏟아부었다. 나는 화가 났고, 아내는 울었다. 결국 부부간 대화가 사라지며 한동안 집안에 정적이 길게 흘렀다.

더는 숨쉬기가 힘든 시기에 다행히도 숨통이 트이는 여름 방학이 찾아왔다. 학교에 나가서 더는 아이들과 마음 씨름을 안 해도 됐다. 아들딸도 어린이집에 가니 온전히 혼자인 시간이 찾아왔다. 평화가 찾아왔다.

그러던 차에 제일 친한 친구 Y가 하루는 우리 집에 놀러 왔다. 친구와 이런저런 이야기를 나누다가 휴가 이야기가 불쑥 나왔다.

"이번 휴가 때 닌 뭐 하노?"

"어? 나. 혼자서 제주에 일주일 정도 쉬다 올라고."

"어…?"

친구가 '3단 부러움 콤보'로 나를 바로 녹다운시켰다. 어린 아들딸을 키우는 나에게 혼자서 하는 여행은 꿈도 못 꾸는 일인데…. 거기에 내가 제일 좋아하는 곳인 제주도에 간다니…. 그것도 하루도 아니고 일주일이나…. 친구 녀석이 너무 부러워 나도 모르게 외쳐버렸다.

"같이 가자."

그런데 내 말을 옆에서 듣고 있던 아내가 생각지도 못한 말을 하는 게 아닌가!

"애들 데리고 가면 허락해 줄게!"

순간 잘못 들었나 싶을 정도로 구미가 확 당기는 아내의 제안이었다.

'어라! 애들 데리고 가면 제주도 가는 게 가능하다고!'

해볼 만한 도전이었다. 이제는 충분히 말귀를 알아듣는 아이들이라 그렇게 힘들지는 않을 것 같았다. 그리고 도와줄 내 친구도 있었다. 용기가 생겼다.

"같이 가자. 이번 한 번만. 응? 제발!"

나의 끈질긴 애교(?)에 친구가 드디어 같이 가자고 했다. 대신 3일은 친구 혼자 보내고 나머지 4일은 나와 함께 지내기로 했다.

약속한 대로 친구는 자기 하고 싶은 일을 하면서 제주에서 혼자 3일을 보냈다. 물론 나머지 4일은 나와 아이들이 합세하며 친구의 여유를 산산이 조각내 버렸지만 말이다. 뽀로로앤타요 테마파크, 말 타는 곳, 놀이터 등등, 아이들이 가고 싶은 곳만 열심히 나랑 같이 다녔다.

그러다, 아이들이 다 자고 난 뒤 저녁에 친구와 술 한잔하며 이야기를 나누다가 제주의 아름다움과 제주살이에 관한 이야기가 툭 튀어나왔다. 아이들과 왔지만, 혼자 산책한 아침의 사계 해안은 나에게 환상 그 자체

사계 해안. 그날 아침에 사계 산책로를 걸으며
제주살이를 꿈꿨는지 모른다.

였고, 1분 1초마다 바뀌는 구름과 하늘은 내 마음에 휴식을 안겨다 주었다. 아름답다는 말이 절로 나왔고 살고 싶다는 생각까지 들었다. 그리고 친구 앞에서 말했다.

"야! 이렇게 아름다운 제주도에서 살면 진짜 좋겠다!"

그런데 내가 그냥 한 말에 친구가 생각지도 못한 소리를 하는 게 아닌가!

"닌 가능하다 아이가? 닌 휴직할 수 있다 아이가. 난 회사 다니고 있어서 휴직하고 싶어도 못 한다. 아이도 없고 휴직 쓰면 바로 그걸로 회사 끝이다. 좋겠다. 닌 휴직도 할 수 있고. 좋~은 직장 다닌다. 완전 특권이네. 특권."

내 처지에서만 보면 아무것도 아닌 일이 남이 보면 그렇게나 부러울 수가 있다는 걸 처음 알았다. 마음만 먹으면 육아휴직을 써서 1년 휴직하고 제주도에 내려와 살 수 있다니…. 친구의 말 한마디에 제주살이가 가능할 수 있겠단 생각이 들었다.

너무 설레어 제주 여행을 마치자마자 아내에게 제주살이는 어떻냐고 물었다.

"안 그래도 요즘 일이 너무 많아서 힘들었어. 한 번 가 보자. 지금 애 어릴 때 아니면 언제 쉬겠노? 돈은 은행에서 빌려서 쓰고, 제주에서 신나게 놀고, 나중에 갚자."

아내의 대답에 그동안 아내가 얼마나 마음고생했는지 바로 이해가 갔다. 끝도 없는 육아와 일에 제주살이라는 희망이 드디어 생겼다. 그리고 그 기대로 그해 가을과 겨울을 버틸 수 있었다.

돌이켜 생각해 보니 아이들이 있어서 육아휴직이 가능했고, 제주살이를 할 수 있다는 생각 자체를 할 수 있었다. 모든 건 내가 힘들게 생각했던 아이들 덕분이었다. 힘듦과 희망을 동시에 주는 요 녀석들 덕분에 어느 날 이렇게 큰 선물을 받게 되었다. 거기에 쿨하게 허락해 준 좋은 아내를 둬서, 그리고 무엇보다 뼈 때리는 말을 해주는 좋은 친구를 둬서 '제주 1년 살이'에 대한 꿈을 이룰 수 있었다.

고맙다, 아이들아! 아내야! 그리고 친구야!

다 너희들 덕분이다.

곽지해수욕장, 힘듦과 희망을 동시에 주는 요 녀석들 덕분에
어느 날 이렇게 제주살이라는 큰 선물을 받게 되었다.

02

집 구하기

제주도는 아파트도 좋아요

　때는 2021년 여름, 친구의 말 한마디에 제주살이를 준비하던 시기였다. 밥을 먹고 있어도, 잠을 자려고 해도, 샤워하는 도중에도 온 신경이 제주에, 아니 집에 다 쏠렸다. 집이 얼마나 중요한가? 집이 좋아야 당연히 제주살이도 좋아지는 법. 살기 좋은 집을 찾기 위해 제주 집 관련 카페란 카페는 다 가입하고, 인터넷 정보는 샅샅이 다 뒤졌다. 그러다 정말 좋은 '제주 오일장'이라는 앱을 하나 발견했다.

서귀포 도서관에서 바라본 한라산과 제주집.
1년 동안 편안하게 잘 있었다.

앱을 깔고 열어보니, 원하는 지역에 원하는 스타일의 집들이 차고 넘
쳤다. 문제는 돈. 살고 싶은 집은 백이면 백 다 비쌌다. 심지어 연세가 사
천만 원 넘는 집들도 있었다. 대체로 그런 좋은 집들은 정원 딸린 이층집
에 수영장도 있고 방도 3개 이상이고 모든 가구가 있어 몸만 가면 되는
곳이었다. 내가 얼마나 열심히 앱을 봤던지 아들이 근처에 오는지도 몰
랐다. 아들이 내가 보던 수영장 있는 집을 보더니 "수영장 집, 수영장 집
살래." 하며 그 집에 살자고 몇 날 며칠을 졸랐었다.

나의 로망인 '마당이 있고 진돗개 한 마리 있는' 그런 집에서 1년 만이라도 원 없이 살고 싶었다. 아들 말처럼 수영장도 있으면 금상첨화였다. 아내도 내 마음을 알았는지 가격도 괜찮고 위치도 괜찮은 '타운 하우스'가 나오면 꼼꼼히 따지고 살펴줬다.

가을에 제주 여행할 겸 보러 왔던 남원에 있는 집. 귤밭이 집 앞에 있고, 시골 농가를 깔끔하게 수리한 현대식 집이었다. 이곳은 마당이 있어 바비큐도 할 수 있고, 텐트를 치고 잘 수도 있으며, 심지어 바다도 차로 5분이면 갈 수 있는 곳이었다. 하지만 문제가 있었다. 실제로 집을 보니 방이 작아도 너무 작았다. 게다가 아디다스 모기가 한여름에도 맹위를 떨치는 탓에 아내는 십 분도 채 안 돼서 팔과 다리에 몇 방이나 물렸다. 방도 작고 모기가 많아서 현대식 농가 집은 패스하고 말았다.

어느 날, 집만 찾아보던 내게 아내가 말했다.

"여보, 아이들 유치원이 제일 우선이에요. 아이들 갈 수 있는 유치원부터 알아봐요!"

아내 말에 정신이 번쩍 들었다. 이미 알아볼 때는 접근성이 좋은 유치원은 마감이 다 되어 있었다. 추가 모집하는 유치원도 대개가 서귀포시

와 제주시에서 벗어난 곳이 많았다. 괜찮은 유치원이 어디 있나, 합반하는 곳 말고. 6·7세 따로 다닐 수 있는 곳이 어디 있나, 너무 시골은 말고. 이것저것 따질 게 너무나 많았다. 정말 다행히도 아내가 토평동 근처에 있는 병설 유치원을 찾았다. 제일 큰 걱정 하나를 덜게 되었다.

유치원 문제를 해결했으니 아내와 나는 다시 집을 찾기 시작했다. 나는 마당이 있고 층간소음 걱정 없는 타운 하우스, 아내는 안전하고 벌레가 적은 아파트를 각각 원했다. 그리고 겨울이 되어 집을 보러 제주에 내려왔다. 가서 실제로 보고 제일 좋은 곳을 정하기로 했다.

첫날은 내가 원한 타운 하우스를 보러 갔다. 소장님이 싸게 나온 곳이 있다며 우리를 땅콩집으로 안내했다. 가격이 진짜 저렴했지만, 계단이 너무 많고 3층에 좁은 곳이라 마음에 들지 않았다. 그리고 두 번째로 간 곳은 타운 하우스 단지였다. 2층 타운 하우스들이 모여 있어서 안심하고 살 수 있을 것 같았다. 하지만 임대로 나온 집은 수리 중이라 너무 어수선해 보여 또 마음에 들지 않았다. 마지막으로 진짜 원하는 집은 다음 날 가기로 하고 소장님과 헤어졌다.

살다 보면 아주 중요한 '결정'이 생각지도 못한 계기로 정해지는 걸 종종 경험하게 된다. 집 보러 온다고 잡은 제주 숙소의 난방이 문제였다.

너무 추워서 보일러를 틀었는데도 집이 전혀 따뜻해지지 않았다. 보통 1시간 후면 방이 따뜻해지고 공기도 훈훈해질 만한데 저녁 내내 떨다 새벽쯤에야 조금 따뜻해졌다. 이 사건을 계기로 '아! 집은 난방이 중요하구나!'라는 생각이 강하게 들었다.

추위에 떨다 일어난 다음 날 아침, 전날 보기로 약속한 타운 하우스는 시간이 맞지 않아 아내가 생각해 놓은 신축 아파트를 먼저 보러 가게 되었다. 별 대수롭지 않게 아내를 따라 제주 아파트는 어떤지 둘러보러 갔다. 그런데 아파트 현관문이 "띠리리리!"하고 열리자, 아내와 내 입에서 "우와! 따뜻하다!"란 소리가 동시에 나왔다. 남향으로 자리 잡은 거실이 햇살을 받아 집안 전체가 온기로 가득했다. 한겨울에 봄처럼 따뜻한 포근함이 어제저녁 추위에 덜덜 떤 아내와 내 마음을 순식간에 다 녹여주었다.

따뜻한 것도 물론 좋았지만 거실 베란다 밖 풍경도 한몫했다. 제주도 하면 파란 바다 풍경이 최고일 줄 알았는데 창밖 풍경이 오래된 동백나무가 가득해 마치 숲속에 들어온 것 같았다. 초록 나뭇잎들이 울창한 이곳이 바로 우리 집이야, 하고 아내와 눈빛 교환을 끝냈다. 그리곤 따뜻함과 초록에 반해 집을 5분도 채 안 둘러보고 계약을 끝냈다.

제주집. 창밖으로 동백나무 숲이 보이고,
햇살을 받아 온종일 따뜻했다.

맞다. 내가 그토록 원했던 타운 하우스 구경은 바로 취소했다. 나중에 보기로 한 집을 보기만 했어도 생각이 달라질 수도 있었는데…. 아파트의 온기에 눈이 멀고 귀가 다 먹어버렸다. 한겨울에도 따뜻한 이곳, 창밖을 보면 숲속에 와 있는 듯한 착각을 불러일으키는 이곳을 사랑하며 1년 살기로 했다.

나의 로망인 타운 하우스가 산산이 날아갔다. 잔디밭이 있고, 층간소음 없이 아이들이 마음껏 뛰어놀 수 있는 내 집이 사라져 버렸다. 하지만 괜찮다. 아이들 유치원이 가까이 있고, 안전하고 따뜻하게 제주살이를 지켜줄 수 있는 아파트면 만족한다.

03

이사

진짜 제주살이를 시작하게 되다

제주도 이사라고 별 특별한 건 없다. 이삿짐을 실은 배가 바다를 건너기 때문에 보통 하루 걸려 다음날 이삿짐이 도착하는 것뿐이다. 대신 일반 육지 이사보다 비용이 더 드는데, 그 당시 300만 원을 이사비로 줬다.

그리고 차도 탁송 신청이라는 게 있어서 인터넷으로 예약하면 기사님이 직접 오셔서 차를 가져간다. 그리고 가져간 내 차를 제주공항 주차장에 안전하게 잘 모셔 놓으니 정말 편하다. 바다 건너 제주도로 이사한다는 마음이 가장 무거우니 '마음 이사'만 잘하면 된다.

드디어 대망의 이삿날이 다가왔다. 부산에서 이삿짐을 부치고 비행기를 탔다. 이사 준비하느라 얼마나 피곤했는지 비행기를 타자마자 곯아떨어졌다. 딸이 깨워주는 소리에 제주에 도착한지 알았다.

제주에 놀러 오는 게 아니라 살려고 오니 마음가짐이 확실히 달랐다. 그 전에 제주에 올 때는 한 번도 안 보였던 우체국이 다 보이고 버스 전용차선도 보였다. 마음가짐에 따라 보이지 않던 것도 보인다는 새로운 깨달음을 제주 첫날부터 얻게 됐다.

무엇보다 가장 좋았던 점은 내 차를 제주에서 만난 거다. 제주에 여행하러 올 때마다 익숙하지 않은 렌터카들을 길들여야 해서 엄청 불편하고 불안했었다. 하지만 부산에서 탁송한 내 차를 제주공항 주차장에서 발견하자 천군만마를 얻은 것처럼 든든했다. 이미 내 몸에 익숙한 내 차를 제주에서 함께하니 이게 뭐라고 제주도 길이 내 고향 부산 길처럼 정말 편하게 다가왔다.

'제주야! 내가 드디어 왔도다! 1년 잘 지내보자!'

제주에서 첫날을 숙소에서 보내고 다음 날, 이사가 끝났다는 아내의 전화를 받고 아이들과 제주집으로 달려갔다.

"띠리리리!" 하며 문이 열리자, 따뜻한 집안의 온기가 바로 전해졌다.

여섯 살 아들은 제주집에 처음 들어오자마자 "여기 우리 집 같은데!"라고 해서 다 함께 얼마나 웃었는지 모른다. 부산에 살 때 있던 물건들을 그대로 가져왔기에 집 구조는 달라도 식탁에 책장, 책상, 의자까지 다 똑같았기 때문이다.

다시 만난 제주집을 보니 마음이 편안해졌다. 베란다 창밖으로 동백나무 숲이 보이고 시야가 뻥 뚫려있고, 거실이 따뜻하니 집 잘 구했다는 생각이 들었다.

그렇게 우리 가족은 제주에 이사를 하며 진짜 제주살이를 시작하게 되었다.

04

마라도
배 타고 짜장면 먹기 임무 완료

일주일 내내 이삿짐 정리하느라 집과 집 주위만 돌아다녔더니 마음이 답답했다. 어디론가 멀리 떠나고 싶었다. 이렇게 날씨가 좋은 날에는 집 정리를 하느라 지친 아내를 위해 제주라는 선물을 제대로 해주고 싶었다. 어디로 갈지 거실 벽에 붙어 있는 제주 지도를 물끄러미 쳐다보다, 저 멀리 '마라도'가 눈에 확 들어왔다. 아내에게 마라도는 어떠냐고 물어보자 안 그래도 어제 아들이 바다가 보고 싶다고 말했다고 했다. 신기하게 아들이랑 나랑 통했다.

한 번은 가 보고 싶었던 우리나라 최남단 섬 마라도. 그곳 풍경은 어떤지, 바람은 세다고 하는데 얼마나 센지, 짜장면은 맛있다고 하는데 진짜 맛있는지 늘 궁금했었다. 제주에 살게 되니, 어느 날 문득 이렇게 마라도

가 나를 불렀다.

하지만 경치만 보는 건 무조건 싫다는 아들딸에게 어떻게 말해야 할지 고민이었다. 마라도 하면 짜장면 아니겠는가? 먹는 거로 꾀는 건 안 좋은 방법이지만 짜장면은 아이들에게 최고의 유인책이었다.

배가 하얀 거품을 만들며 파란 바다 위로 미끄러졌다.
눈부시게 푸르른 바다를 보니 마음이 쿵쾅거렸다.

"아들딸, 배 타고 짜장면 안 먹으러 갈래?"
나의 한마디에 책 삼매경에 빠져 있던 아들딸이 바로 "갈래! 갈래!" 하고 외쳤다. 짜장면 전략에 성공한 나도 '앗싸! 마라도 드디어 간다.'라고 외쳤다. 평소 외출하러 나가려면 아이들 옷 입히고 준비하는데 최소 30분인데 10분도 채 안 돼서 아이들이 옷 입고 신발을 다 신었다. 하하하.

배가 하얀 거품을 만들며 파란 바다 위로 미끄러졌다. 눈부시게 푸르른 바다를 보니 마음이 쿵쾅거렸다. 바다 한가운데서 바라보는 제주도 풍경은 어쩜 그렇게 아름다울까? 누가 사진을 찍으라고 한 것도 아닌데 배 2층에 올라온 사람들은 사진 찍느라고 야단법석이었다.

아무리 봐도 질리지 않는 살아 있는 그림들이 연속해서 바뀌고 바뀌었다. 아름다운 자연은 늘 그렇듯 봐도 봐도 지겹지 않았다. 집에서 나오길 참 잘했다는 생각이 들었다. 낯선 곳으로의 여행은 아내와 아들딸 그리고 나를 다시 살아 숨 쉬게 했다. 바람은 차가웠지만, 마음은 제주의 아름다움에 취해 봄이 온 것처럼 따뜻했다.

경치에 취해 20분가량 있었더니 어느새 마라도에 도착했다. 국토 최남단 마라도가 제주도에서 이렇게 가까웠단 말인가! 역시 직접 와 봐야 안다. 그리고 말로만 듣던 마라도 바람은 정말 장난 아니게 추웠다. 내복에 점퍼까지 입었지만 "춥다! 추워!" 소리가 절로 나왔다. 아들은 쉬가 마렵다며 화장실까지 필사적으로 달려가는데, 얼마나 불안했는지 몰랐다. 다행히도 볼일을 해결하고 나와 웃는 아들을 보니 마음이 차분해졌다.

볼일을 보고 나서야 비로소 저 멀리 제주 풍경이 쏙 들어왔다. "우와!" 하며 아들과 나는 경치 감상에 빠졌다. 그리고 뒤늦게 화장실에서 나온 아내가 무심히 한 마디 던졌다.

"화장실 앞인데 배경 좋네~."

그 말이 너무 웃겨 한참을 웃었다. 태어나서 화장실 주위에서 사진을 이렇게 많이 찍긴 처음이다. 마라도는 화장실 주위도 경치가 끝내줬다. 하하하!

"짜장면집이 왜 이리 많아?"

아내가 놀란 듯, 실망한 듯 또 한 마디 던지는데, 또 껄껄껄 웃음이 났다. 마라도에는 한두 개 정도만 있을 줄 알았던 짜장면집이 웬걸, 이건 뭐 줄줄이 붙어 있었다. 거기다 "여기 맛있어요! 어서 오세요!"라고 가게마다 호객행위를 하는 게 아름다운 자연과 전혀 어울리지 않았다.

가게 주변은 이미 배에서 내린 사람들로 북새통이었다. 짜장면집이 너무 많아 우물쭈물 결정을 못 하니 배고픈 딸이 "힝, 아빠 미워!" 하며 아무 데나 씩씩거리며 들어갔다. 그렇게 아무렇게나 들어간 가게는 사람이 미어터졌다. 딸이 제대로 맛집을 찾았다. 한참을 기다려 나온 짜장면 둘, 짬뽕 하나, 군만두 하나. 배가 고파서 그런지 진짜 마라도 짜장면이 맛있는지 우리 가족은 게 눈 감추듯 음식을 순식간에 싹 비웠다. 그렇게 마라도에서 짜장면 먹기 임무를 완수했다.

금강산도 식후경이라는 말처럼 몸과 마음이 뜨끈해지자, 마라도 풍경이 더 잘 들어왔다. 마라도 해안도로를 따라 따스한 햇볕을 받으며 천천히 걸었다. 마라도 바닷바람을 이용해 "장풍!" 하며 아이들과 장풍 놀이를 했다. 그러다 이 섬을 아이들이 기억해 줬으면 하는 바람에서 슬쩍 퀴즈를 내었다.

"딸, 여기 섬 이름이 뭔지 알아?"
"……"
"여긴, 마라 섬, 마라도야!"
"아! 말아도 말아도 끝이 없는 그 말아도! 맞죠? 아빠."

아이들이 건강하고 잘 자라는 게 가장 큰 부자라고 말하는
장모님 말씀이 마라도에서 갑자기 떠올랐다.

요즘 말장난에 흠뻑 빠져 있는 딸은 뭘 말아도 말아도 끝이 없는지 이상한 말을 하며 혼자 좋아했다. 마라도를 김밥처럼 말 생각인가? 아무튼, 어떻게 외우든 간에 마라도란 이름은 꼭 기억해다오. 아빠가 너희를 짜장면으로 꾀어서 데려온 이 섬을…. 하하하.

아이들과 장풍 놀이를 하면서 정신없이 놀았더니 사람들이 주위에 아무도 없었다. 갑자기 마라도 해안 길에 우리 가족만 남았다. 그 순간 세상이 고요했다. 사람 소리에 잘 들리지 않았던 파도 소리가 철썩철썩 소리를 냈다. 이 여유로움이 너무 좋아 아내와 나는 배 시간을 1시간 늦췄다. 여유로운 마음으로 몸과 마음의 시계를 마라도에 1분 1초 맞췄다.

마음이 차분해졌다. 따스한 햇볕을 받고 마음껏 뛰어다니는 아이들을 보고 있자니 미소가 절로 지어졌다. 아이들이 건강하고 잘 자라는 게 가장 큰 부자라고 자주 말하는 장모님 말씀이 갑자기 떠올랐다.
'그래, 너희들 덕분에 이렇게 제주도 1년 살이를 하는구나. 고맙다! 아이들아, 마음껏 놀아라. 건강하게 제주에서 잘 자라거라!'

제주 밖에서 바라본 제주 모습은 처음이었다. 마치 예쁜 엽서 속 그림같아 보였다. 그 엽서 그림 속으로 나와 아내와 아이들이 물감이 되어 칠해질 것을 생각하니 가슴이 두근거렸다. 앞으로의 1년 제주살이가 어떻게 펼쳐질지 정말 궁금해졌다.

'그래, 제주도 잘 선택하고 잘 왔다!'

마라도에서 바라본 제주도가 참 아름다웠다.

노랑 보라 초록의 향연,
봄 제주

01

제주의 3월 2일은 비유티플(beautiful)해

2월 말에 이사를 왔다. 아내는 열심히 집 치우느라 바빴고, 나는 유치원 안 가는 아이들이랑 놀아주느라 바빴다. 아이들은 한시도 가만히 있지 않고 심심하다며 놀아달라고 했다. 블록 놀이, 체스, 그림 그리기 등 끝도 없이 아이들과 함께했다. 아이들과 늘 같이 있으니 삼시 세끼는 또 왜 그렇게 빨리 오는지 밥 차리는 일도 보통이 아니었다. 반찬은 뭐해야 할지 끼니마다 고민의 연속이었다. 그렇게 1주일 넘게 아이들과 지내다 보니 어느 날 불쑥 3월 2일이 찾아왔다.

'3월 2일'

말만 들어도 숨 가쁘고 정신이 없는 개학 첫날이다. 아이들도 긴장하고 선생님도 긴장하고 그 긴장감이 뒤섞여 온종일 교실 공기가 무거운 하루가 바로 3월 2일이다. 그 바쁜 하루를 사는 것이 당연한 일이라고 생각하며 지금껏 살아왔는데, 오늘은 달라도 너무나 달랐다. 세상이 너무 조용했다.

아들딸이 "아빠!", "엄마!" 하면서 싸우고 웃고 떠들고 해야 하는데 아이들 소리가 하나도 들리지 않았다. 솜반천 물소리만 졸졸 흘렀다. 세상이 이렇게 평화로워도 되는가 싶었다. 평일 3월 2일 오전에, 그것도 제주도에서, 아내와 둘이 손잡고, 하영올레길을 걷는 것 자체가 믿어지지 않았다.

그랬다. 유치원도 초등학교처럼 똑같이 3월 2일에 개학했다. 아이들을 8시 40분까지 유치원에 보내고 왔더니 제주의 봄을 아내와 나 오롯이 둘이서만 함께했다. 그 조용함에 어찌할 바를 몰랐다. 아이들만 없으면 웃는 아내가 오늘은 더 활짝 웃었다. 제주의 봄 햇살이 아내와 나를 따뜻하게 비춰줬다.

천국이 있다면 제주도가 아닐까 싶을 정도로 구름, 나무, 자연 이 모든 것이 아름다웠다. 연외천을 따라 걷는 길, 물을 좋아하는 나는 그냥 지나칠 수 없었다. 기어이 내려가서 물을 살펴보는데 표면이 투명한 유리처럼 맑았다. 두 손바닥에 물을 가득 모아서 손가락 사이로 흘려보냈더니 쪼르르 물이 떨어졌다. 물소리를 들으니 어릴 적 물장난하던 개울가 여덟 살 아이가 되어버렸다.

아이처럼 물장난치다 잠깐 고개를 들어 앞을 보자 하늘은 새파랗고 구름은 새하얗고 나뭇잎들은 초록초록했다. 그 풍경에 압도당해 입을 헤벌쭉 벌리고 그냥 멍하니 있었다.

천국이 있다면 제주도가 아닐까?
구름, 나무, 자연 이 모든 것이 아름다운 서귀포였다.

그런 감탄을 하는 찰나 학교 후배 동생에게 전화가 왔다. "행님, 3월 2일의 제주도는 평화로운가요?"라며 운을 띄웠다. 길지도 않은 문장 하나에 오늘의 모든 의미가 싹 담겨 있었다. 뭐라고 대답할지 순간 고민이 되었지만, 일 초의 망설임도 없이 대답해 버렸다.

"제주도의 3월 2일은 비유티플(beautiful)해."

다시 생각해 봐도 동생에게 너무 잔인한 대답이었다. 그래도 사실인 걸 어쩌나. 제주의 아름다운 자연이 마냥 좋아 그 말이 나왔으니. 그리고 수업을 마치고 연이어 학교 동생들이 전화해서는 오늘의 소감을 적나라하게 알렸다.

"행님, 내일 전 또 죽으러 갑니다."
"행님, 입에서 단내가 납니다."
"행님이라도 살아야죠."

"하하하하하하하하하."

웃는 내내 눈물이 찔끔찔끔 흘렀다. 얼마나 많은 말을 해야 입에서 단내가 날 정도인지 너무나도 잘 안다. 초등학교 1학년이면 똑같은 말 만두세 번은 기본이다. 파김치가 되도록 수업하고 집에 오면 자동으로 쓰러지는 하루다. 그런 하루를 이겨내고 버텨낸 동생들이 정말 고마웠고 안쓰러웠다. 제주에 사는 내 안부가 궁금하고 걱정이 되어 전화해 주는 동생들의 마음이 무엇보다 고맙고 따뜻했다. 농담 반 진담 반으로 말한 동생들이지만 정말 잘 안다. 오늘 하루가 얼마나 힘들었는지. 나 역시 제주에 있으면서 온종일 마음이 쓰였으니 말이다.

똑같은 3월 2일이지만 누구는 교실에서 스무 명이 넘는 아이들과 하루를 치열하게 보내야 하고, 그 누구(?)는 아름다운 제주에서 유유자적 자연을 감상하기만 하면 됐다. 동생들 안부 전화에 앞서 퇴직한 분들의 마음을 조금이나마 알게 된 시간이었다.

묘한 긴장감이 흐르는 교실에서 멀찌감치 멀어져 제주도에서 맞이하는 3월 2일.

늘 분주함으로 가득 찼던 하루가 이렇게 아름다운 하루가 되어도 된다는 걸 처음 알았다. 아름다운 3월의 제주도에 내가 이렇게 몸담고 있다는 자체에 그저 고맙고 또 고맙고 감사했다.

하영올레길, 칠십리시공원에서 바라본
천지연폭포에 눈을 뗄 수가 없었다.

02

유치원 운동장

마음껏 뛰어놀 수 있는 게 선물이었구나!

유치원을 마친 딸은 선생님께 인사하자마자 형아 놀이터(초등학교 놀이터)로 전속력으로 달려간다. 딸은 놀이터가 얼마나 가고 싶었는지 나는 아예 뒷전이다. "덜컹컹컹컹." 가방 소리만 요란하게 운동장에 울려 퍼진다.

"누나, 같이 가. 후다다다다다닥."

누나 바라기 아들도 유치원 가방을 메고서는 누나를 따라 열심히 달려간다. 그런데 가방 무게 때문에, 달리기 속도가 안 난다. 조금 뛰어가다 아들이 도로 내게 달려온다. 그러곤 "아빠!" 하면서 가방만 건네주고 재빠르게 누나 뒤를 맹추격한다. 아들내미가 누나보다 훨씬 똑똑했지만 누나 승이다. 초록 운동장 한가운데를 시원하게 가르며 먼저 달려갔던 누나가 놀이터에 먼저 도착했다. 서로 경쟁하며 먼저 도착하고 싶을 만큼 형아 놀이터는 아들딸에게 최고의 놀이 장소다.

놀이터에 먼저 와서 놀고 있던 남자아이 하나가 아들딸에게 "얘들아 같이 놀자!"라고 부르는데 그 소리가 참 정겹다. "어, 그래."라고 우리 아들딸도 스스럼없이 말하며 같이 놀이터 모래를 파기 시작한다. 아이들이 하나둘 모여들더니 놀이터가 복작복작하다.

마음껏 모래를 파고 그 구멍 속을 물로 가득 채우는 아이들. 물이 모래 속으로 금세 사라지는데도 수돗가로 달려가서는 물 떠오기를 수십 번 반복한다. 물이 찬 모습을 끝끝내 보고 싶은 모양이다. 뭐가 그렇게 재미있는지 저희끼리 하하하 호호호 거리며 신나게 논다. 이 순간만큼은 물 채우기 놀이가 세상에서 제일 재미있는 놀이가 된다.

운동장 의자에 앉아 제주의 하늘을 보니 제비가 쌩쌩 내 머리 위를 날아다닌다. 그러고 보니 어릴 적 동네 골목골목 날아다니던 제비는 어느 순간 부산에서 볼 수 없었다. 어른 다섯 명이 서면 꽉 차는 좁은 골목에서서 그 제비를 잡으려고 부단히도 애썼다. 잡으려면 휙 공중제비를 돌아 메롱 하며 제비는 멀리 도망갔다. 이 길은 내 길이라고, 절대 지나칠 수 없다며 아무리 제비를 막아도 나를 넘어서 날아갔다. 오랜만에 제비를 보니 친구들끼리 제비를 잡으러 열심히 따라다녔던 어릴 적 추억이 떠오른다.

그렇게 많던 그 제비들이 다 여기 제주도로 다 내려왔나 생각이 든다. 하늘 높이 고공 쇼를 벌이며 마음껏 쌩쌩 춤을 추며 날아다닌다. 그 제비의 자유로움이 어쩌면 여기 제주 하늘과 참 닮아 있었다. 뻥 뚫린 하늘의 여유를 제비도 아는 듯하다. 무슨 연유에선 모르지만, 제비가 생각하기에 제주도가 훨씬 살기 좋다고 생각했나 보다. 높은 건물도 없고, 공기도 맑고, 물도 맑으니 제비들이 모여서 회의 끝에 제주도로 내려가자고 약속했나 보다. 나도 그런 생각으로 제비처럼 제주에 내려왔는지도 모른다.

아이들이 즐겁게 마음껏 놀 수 있는 곳,
제비와 나비가 자유로운 곳이라면 무조건 안심이다.

노랑나비 하얀 나비들도 초등학교 초록 잔디밭 운동장 위로 지천이다.
나비 두 마리가 내 앞에서 팔랑팔랑 날갯짓하며 마음껏 놀고 있다. 제주
나비도 육지에서 본 똑같은 나비인데 초록 잔디밭 위라 그런지 훨씬 더
노랑 노랑 하다. 풀, 나무, 사람, 집, 새, 그리고 나비가 함께 공존하는 이
자연환경이 참으로 축복받았다. 깔깔깔, 하하하, 호호호, 팔랑팔랑, 쌩쌩
뛰어노는 아이들과 나비가 참 어울린다. 아이와 나비 모두 마음껏 봄을
즐기고 있는 이 풍경이 바로 진정한 봄이 아니겠는가!

아이들이 즐겁게 마음껏 놀 수 있는 곳이라면, 제비가 마음껏 날아다니고 나비들이 자유로운 곳이라면 무조건 안심이다. 아이들이 자연을 닮아갔으면 하는 마음에 이곳 제주도에서 초등학교까지라도 쭉 있으면 좋지 않겠냐는 욕심마저 든다.

오후 5시에 와서 6시 35분까지 아들딸은 아무 방해도 없이 자연과 함께 놀았다. 역시 놀 땐 동생과 형들이랑 우르르 같이 놀아야 제맛이다. 밥 먹으러 가자고 하니 그제야 배가 고픈지 가자고 한다. 집으로 가는 차 안에서 점점 낮이 길어지고 있다고 알려주자 아들딸은 들떠서 이런다.

"우와! 그럼 더 놀 수 있겠네."
"그럼, 토요일 일요일 종일 놀겠다. 열두 시간 동안 놀까?"

할 말이 없다. 너희들 진짜 놀기 위해 이 지구별에 온 게 확실하다. 어찌 그렇게 내 어릴 적 모습이랑 판박인지 모르겠다. 저녁 늦게까지 놀다 엄마한테 귀를 잡혀 "아야. 더 놀래! 집에 안 갈래!" 하며 소리치던 내 모습이 어렴풋이 떠오른다.

유치원 옆에는 커다란 초록 운동장이 항상 있다. 동생들, 형, 누나들 그리고 친구들도 늘 있다. 거기다 커다란 모래 놀이터까지 있어서 당분간은 아이들이 신나게 놀겠다. 난 아무 걱정 없이 아이들 노는 것 보면서 의자에 앉아 책을 보면 될 것이다.

자연과 함께 제주에서 아이들은 무럭무럭 잘 자라고 있다.

03

흑돼지

제주에 흑돼지가 있긴 한 거야?

제주 하면 흑돼지. 흑돼지 하면 제주가 생각날 정도로 흑돼지는 제주의 상징이다. 마트에 가도 일반 돼지고기보다 흑돼지고기가 더 비싸다. 거리 곳곳에 흑돼지 가게가 넘치니 관광객들은 제주에 오면 꼭 한 번은 흑돼지를 먹고 갈 정도다. 어느 날 마트에서 돼지고기를 사는데

'이거 진짜 흑돼지 맞아?'

이런 의심이 불쑥 들었다. 왜냐하면, 어디에나 보이는 제주 귤처럼 흑돼지가 유명하면 자주 보여야 하는 거 아닌가? 그런데 제주에 살아도 일반 돼지는커녕 흑돼지는 당최 보이질 않는다. 돼지고기 상표에만 '흑돼지'라고 적혀 있다.

호기심이 많은 나는 궁금하면 못 참는다. '제주도에 흑돼지가 있긴 있는 거야?'란 궁금증을 얼른 해결하고 싶어 '제주 흑돼지 볼 수 있는 곳'을 검색했다. 운 좋게도 집 근처인 '휴애리'에 흑돼지 사진들이 보였다. 이 녀석들을 확인하면 진짜 제주도에 흑돼지가 있는 게 확실해지는 거다.

"얘들아, 흑돼지 보러 갈래?"
"네."
"흑돼지 코가 새카만지 엉덩이도 새카만지 가서 확인해 볼까?"
"네."
"당근도 줄 수 있다니까 같이 줄까?"
"좋아요. 어서 가요."

'흑돼지야 보고 싶구나. 우리가 간다. 기다려라!'

4월의 봄날, 흑돼지를 보러 주말에 휴애리를 찾았다. 입구에 수국꽃이 활짝 피어 있어 내 마음이 다 설렐 정도였다. 수국이랑 사진도 찍으며 느긋하게 꽃과 추억을 남기고 싶은데, 딸은 흑돼지 빨리 보러 가자고 그렇게 나를 졸라댔다. '흑돼지야 놀자'라는 표지판을 따라가니 저 멀리 시커먼 물체들이 움직이기 시작했다. "흑돼지다!"라며 힘껏 소리치며 딸이 먼저 뛰어갔다. 나도 후다닥 딸을 따라가니 흑돼지들이 눈앞에 스무 마리

정도가 나타났다.

흑돼지를 보는 순간 궁금증이 한꺼번에 다 풀렸다. 눈도 까맸고 꼬리
도 까맸고 엉덩이도 새카맸다. 너무 반갑고 기뻤다. 하지만 그 기쁨도 잠
시, 딸이 돼지에게 당근을 주려는데 바로 못 주고 주춤주춤했다.

"돼지한테 당근 주는 게 무서워?"
"네. 아빠."
"그럼. 아빠가 줄게. 잘 봐!"

새카만 돼지가 주황 당근을 아주 좋아했다.

그렇게 당당하게 말하며 당근을 주려는데 나도 무서워 뒷걸음치게 됐
다. 커다랗고 반짝반짝하고 시커먼 돼지 코가 눈앞에서 왔다 갔다 하니

입을 확 벌려 내 손을 덜컥 물것 같았다. 그나마 돼지한테 안 물리게 당근 제일 끝 쪽을 잡아서 주니 날름 당근을 먹기 시작했다. 돼지가 당근을 그렇게나 좋아하는지 처음 알았고 나의 용기에 딸도 돼지에게 당근을 주기 시작했다.

그리고 '아뿔싸!' 전혀 기대하지 않은 장면 하나가 '심쿵' 하며 내 마음을 사로잡았다. 가로세로 5m 정도의 사육장에 내 덩치만큼이나 큰 어미 흑돼지가 새끼 돼지들과 곤히 낮잠을 자고 있는 게 아닌가! 정말이지 평화 그 자체였다. 행복한 흑돼지 대가족이 참 부러워 보였다. 그 풍경이 얼마나 신비스럽고 아름다운지 아무것도 안 하고 돼지들 자는 모습만 계속 쳐다봤다.

아! 평화롭다!
이렇게 평화로울 수가!

잘 자고 있던 어미돼지가 갑자기 그 육중한 몸을 일으켰다. 짚이 풀풀 휘날리며 코를 킁킁거리며 한 걸음 한 걸음 힘겹게 발을 디디며 나에게 다가왔다. 딸과 내가 들고 있던 당근 냄새를 맡았던 거다. 조금 전에 당근을 주던 돼지보다 훨씬 더 컸으니 훨씬 더 무서웠다. 슬슬 뒤로 물러섰다. 깊은 산속에서 이렇게 큰 멧돼지를 만난다면 바로 죽겠다는 생각이 들었다. 그런데 당근 하나를 꺼내 주니 요 녀석 킁킁거리며 순둥이 아기처럼 귀엽게 날름 받아먹는 게 아닌가! 그제야 안심이 되었다.

당근을 제법 먹은 어미 돼지가 다시 옆으로 눕자 아기 돼지 열 마리가 엄마 젖을 찾아 맹렬히 달려들었다. 생전 처음 아기 돼지가 어미젖을 먹는 모습을 본 딸은 "너무 빨리 먹는 거 아니야? 엄마 돼지 힘들겠다!"라고 말하며 부모의 아낌없는 자식 사랑에 대한 느낌을 전했다.

맛있게 엄마 젖을 먹은 아기 돼지 한 마리에게 내게 오라고 손짓하니 아기 돼지가 정말 다가왔다. 내 손을 킁킁거리는 찰나 세상에나 새끼 돼지 코를 살짝 만져보는 행운까지 얻었다. 단단했다. 물컹물컹할 거란 상상이 싹 사라졌다. 코 느낌도 좋고 아기 돼지 속눈썹 길이도 장난 아니게 길었다. 실제 살아 있는 흑돼지 코를 만져보고 싶었는데 제대로 소원 성취했다. 그날 로또 못 산 게 그렇게 후회가 남았다. 하하하!

아, 맞다! 우리 아들 얘기가 빠졌다. 용기 있게 흑돼지를 보러 오자고 한 아들은 흑돼지를 보는 순간 "흑돼지 무서워!"하며 응응 울면서 기겁하며 도망갔다. 그리고 흑돼지 근처는 얼씬도 못 하고 엄마에게 업혀서 그 놀란 마음을 달래야 했다. 집으로 가는 차 안에서 아들에게 오늘의 소감을 물었다.

"아들, 오늘 흑돼지 직접 보니 어땠어?"
"냄새났어. 무서웠어. 그런데 토끼는 귀여웠어!"
"하하하."

모든 궁금함이 다 풀린 하루였다. 흑돼지가 궁금하면 여기 휴애리에 흑돼지가 있으니 구경하면 된다. 참고로 진짜 토종 제주흑돼지는 천연기념물 제550호라고 하며, 우리가 먹는 흑돼지는 토종 제주흑돼지와 외래종 백 돼지를 교배해 만들어진 종이라고 한다.

그나저나 당근 주다 본 흑돼지의 형용할 수 없는 아련한 눈빛이 오랫동안 생각났다.

04

이렇게 기다려서라도 굳이 가야 한다

제주 와서 아침에 꼭 하는 일이 있다. 바로 '날씨' 확인이다. 오늘 최고 온도는 19도까지 올라가고, 구름 한 점 없는 '쾌청'한 날이라고 했다. 제주 살면서 느낀 진리가 하나 있는데 날씨 좋은 날은 무조건 밖에 나가야 제주답다는 거다.

"오늘 날씨 좋다는데 가파도 갈래? 올레 21코스 갈래?"

"가파도 가서 자전거 타고 싶어."

순간의 망설임도 없이 아내가 가파도를 가자고 했다. 제주에 와서 자전거를 타고 싶다는 아내 소원을 이제야 들어준다.

4월 8일 금요일 아침 9시 55분. 가파도를 가기 위해 '가파도 마라도 정기여객선(운진항)'에 도착했다. 평일이라서 가파도 가는 표를 현장에서 여유 있게 끊을 수 있을 거로 생각했다. 하지만 주차장에 차가 빼곡했다.

'평일인데 주차장에 왜 차가 꽉 차 있지…?'

뭔가 심상치가 않았다. 아내와 내가 입장권 예매소로 급하게 달려갔더니 사람이 사람이…. 셀 수가 없을 정도로 많았다. 도떼기시장을 방불케 할 정도로 많은 사람을 보니, 볼수록 머리가 어지럽다 못해 멍했다. 승선신고서 작성하는 사람, 신분증 챙기러 다니는 사람, 이리 뛰어가고 저리 뛰어다니는 사람, 전화하느라 다급한 사람, 화장실 앞엔 길게 줄 선 사람……. 이건 뭐 비상시국 저리 가라 할 정도였다. 사람이 많이 없는 서귀포에서 여유 있게 살다가 여기에 오니 순식간에 도시에 온 것처럼 답답했다.

'가파도가 이렇게 인기 여행지였나?'

"일행 분은 여기 계시지 마시고, 신분증이랑 승선신고서 챙겨 한 사람만 기다리세요."

안내하는 사람도 긴 줄을 최대한 줄이려고 몇 번이나 똑같은 말을 반복했다. 아내도 이 광경에 기가 찼는지 "이렇게 많을 줄은 몰랐다."라며 얼른 신고서를 작성하고 내 신분증을 챙겨가서 줄을 섰다. 줄 서다 볼일 다 보는 건 아닌지, 오늘 가파도는 갈 수 있을지, 도대체 답이 나오지 않았다.

그런데 자세히 보니 예약한 줄이 따로 있었다. 미리 전화나 홈페이지로 하루 전에 승선권 예매가 가능했다. 예약하면 편하게 갈 수도 있었는데…. 4월 초에 가파도 가고 싶은 분이라면, 기다리기 싫은 분이라면 배편 예약은 진짜 필수다 필수.

30여 분 긴 사투 끝에 아내가 표를 사서 왔다.
"상상 이상이다. 이렇게 표를 사야 하나?"
"내 말이. 이렇게 기다려서 굳이 가야 하나?"

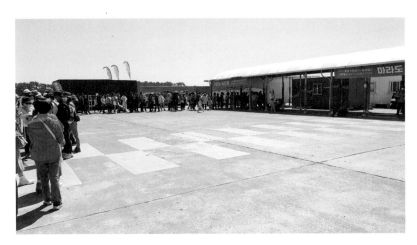
가파도 가는 승선장 줄이 어마어마했다.

배를 타기 위해 밖으로 나왔는데 승선장 줄도 어마어마했다. 그 풍경에 어이가 없어 "내가 다시는 가파도 오나 봐라!"라며 헛웃음을 지으며 말했다. 그런데 배 타려고 줄을 서 있는 내 앞에 아저씨 한 분이 진짜 큰 웃음을 주셨다.

"왜 가파도고 마라도인지 알아?"

"……."

"누가 돈을 꿨는데 '가파도(갚아도)' 되고 '마라도(말아도)' 돼서 그렇대."

안 듣는 척했지만, 속으론 혼자서 빵 터져서 한참을 웃었다. 좀 웃었더니 여유가 생겼다. 긴 줄을 보며 가파도가 멋질 거란 기대로 기다림은 잠시 잊고 좋은 상상만 펼쳤다.

배에 올랐다. 배가 움직이니 하얀 물보라가 새파란 바다 위에 물감을 칠하기 시작했다. 저 멀리 송악산과 산방산의 신비로움이 이곳까지 전해 졌다. 경치 좀 감상하려니 10분 만에 도착이다. 너무 일찍 도착해서 놀라고, 가파도에서 다시 제주로 오려는 끝없는 줄 보고 또 놀란다. 오늘 여러 번 놀란다. 하하하.

우선 아내와 나는 가파도 와서 제일 하고 싶었던 자전거 빌리는 곳으로 달려갔다. 아내가 가파도에서 진짜 자전거를 타고 싶었던 모양이다. 안장에 올라 기우뚱기우뚱하더니 금세 안정적인 자세를 취하고 페달을 밟았다. 그러더니 10대 소녀가 되어 까르르까르르 넘어갔다.

"우와! 너무 신난다. 너무 좋다! 하하하!"

평지 길인 데다 차가 없으니, 자전거가 쭉쭉 나갔다. 걸을 때와는 색다른 '빠른 질주의 맛'이다. 시원한 바닷바람을 맞으니, 선착장에서 기다렸던 힘든 순간들이 사라지고 신나기만 하다. 나이가 40 중반인 나는 체력이 금방 바닥나는데 아내는 힘들지도 않은가 보다. 이 멋진 풍경에 취해 계속 좋다고만 했다. 웃는 아내를 보니 덩달아 나까지 기분이 좋아졌다.

표 끊기 위해, 배 타기 위해, 지치도록 기다린 시간은 기억에서 싹 다 잊었다. 이럴 땐 잘 잊어버리는 게 이렇게 큰 도움이 된다. 갑자기 바다 저편에서 휘파람 소리가 '휘익' 하고 갑자기 들렸다. 말로만 들었던 해녀 분들이 숨 참았다가 내쉬는 '숨비소리'는 처음이다. 하늘은 맑고, 아내는 신나게 자전거 타고, 숨비소리는 들리고, 가파도 오길 참 잘했단 생각이 들었다.

4월 달력 속으로 풍덩 빠져들고 싶다면
기다리고 기다려서라도 가파도에 와야 한다.

자전거에서 내려 '소망 전망대' 쪽으로 걸어가는데 갑자기 입이 떡 벌어졌다. 이건 마치 4월 달력 속으로 쏙 들어온 기분이다. 샛노란 유채꽃에 멍해지다 못해 완전히 마비되었다. 왜 여기만 유채꽃이 샛노랄까, 하고 보니 저 멀리 파란 바다색 때문이었다. 노랑 파랑 대비 효과가 엄청났다. 제주 특유의 흙색과 검은 돌도 한몫했다. 자연이 만들어 낸 환상적인 풍경에 사람들이 아주 난리가 났다. 4월의 달력 사진으로 풍덩 들어간 사람들이 하나같이 열심히 꽃에서 꿀을 만드는 꿀벌처럼 행복하게 사진 촬영을 하고 있었다. 그리고 느꼈다.

'아! 이 풍경을 보기 위해 가파도 오는구나!'

아름다운 경치도 경치지만 아내가 자전거 타기에 흠뻑 빠졌다. 자전거로 두 바퀴나 가파도를 돌았는데 한 바퀴 더 돌겠단다.

"여보, 난 한 바퀴 더 탈게. 여보는 쉬어요."

아주 즐거울 때만 나는 아내의 목소리다. 그러면서 아내는 '라라라라라~.' 하며 자전거를 타고 휑 가버린다. 점심으로 먹은 해물라면에 전복물회를 먹고 힘이 더 났나 보다. 하하하.

가파도 해안 길을 자전거로 세 바퀴 돈 아내와 낮잠을 잔 나는 배 시간이 다 되어 선착장으로 갔다. 가파도를 떠나려니 뭔가 아쉬웠다. 자전거를 타다 본 '청보리 아이스크림'이 순간 생각났다. 남은 힘을 다해 달려가서 산 청보리 아이스크림을 한입 먹었더니 짙은 보리 향이 입안 가득 퍼졌다. 아이스크림 하나로 가파도 여행이 달콤하게 마무리되었다.

살다 보면 기다리기 싫지만 어쩔 수 없이 기다려야 하는 순간이 온다. 가파도의 아름다움을 보려면 이 정도 기다림은 아무것도 아니란 생각이 들었다. 줄 서고 표 끊다 지쳐 나도 모르게 했던 "이렇게 기다려서 굳이 가야 하나?"란 질문에 감히 이제는 답할 수 있겠다.

'이렇게 기다려서라도 굳이 가야 한다.'라고.

그 정도로 4월의 가파도는 정말 아름다웠다.

05

무꽃

제주의 진정한 봄꽃을 만나다

사십 중반에 접어드니 모든 꽃이 사랑스럽다. 젊은 시절엔 그냥 모르고 지나쳤던 꽃을 아들딸의 환하게 웃는 얼굴 쳐다보듯 활짝 웃으며 쳐다본다. 사진도 찍는다. 찍은 꽃을 확대해서 보니 꽃잎들의 균형과 완벽한 색감의 조화에 말문이 막힌다. 예쁘다. 누가 쳐다보면 좀 머쓱하지만 그래도 좋은 걸 어쩌냐? 꽃도 보고 사진도 찍으니 기분이 절로 좋아지는걸.

나이가 들어 꽃을 보니 꽃이 말하는 소리도 들린다.
'오늘 하루 수고했어, 내일도 힘내! 그리고 너도 너의 꽃을 곧 피울 거야!'
그런 꽃의 응원 소리를 듣고 매일 똑같게만 보이는 하루에 살아가는 힘을 불어넣는다. 모진 시련을 이겨내고 피웠을 꽃 앞에서 오늘 하루도 겸손해지자며 나를 낮춘다.

꽃향기도 꼭 맡아본다. 꽃향기를 마시면 힘이 솟는, 어릴 적 만화 속 '꼬마 자동차 붕붕'처럼 힘이 절로 솟아난다. 아침에 맡았던 치자꽃 향이 샤아아아악 100% 급속 '마음 에너지 충전'을 해주니 아침 출근길이 아주 그냥 신이 난다. 치자꽃 향이 갑자기 제주의 꽃들을 소환시킨다. 동백꽃, 수국꽃, 유채화, 능소화, 귤꽃, 칡꽃, 털머위꽃…. 내가 좋아하는 꽃들 속에서 둘러싸여 참 행복했던 제주 1년 살이었다. 나중에 이 꽃들이 쫙 심어진 꿈같은 내 집을 상상하니 그저 즐겁다.

그 수많은 제주 꽃 중에서 잊지 못할 꽃 하나가 있다. 저절로 미소 짓게 만들고 다시 제주에 가고 싶게 만드는 꽃. 그 꽃은 바로 무꽃이다. 솔직히 고백하자면, 늘 여름에만 제주에 가 봐서 무꽃을 태어나 처음 봤다. 2월부터 시작해서 제주의 3월과 4월에만 무꽃을 볼 수 있으니 지금까지 못 본 게 당연했던 거다. 그런 무꽃을 처음 알았을 때의 충격은 너무나 커서 쓰러질 정도였고, 그동안 내가 얼마나 우리 자연에 관심이 없는지 알게 되어 무에게 참으로 미안했다.

제주에 어느 정도 적응해 나가던 4월, 제주는 다양한 봄꽃에 새로운 봄옷을 갈아입고 있었다. 분홍 벚꽃도 예뻤고, 노란 유채꽃과 개나리도 참 예뻤다. 그러다 어느 날 무꽃도 만나게 되었다. 노란 유채꽃이랑 비슷해서 보라색 유채꽃인 줄 알았는데 자세히 보니 꽃 모양도 다르고 색도 확

연히 달랐다. 올레길을 걸으면 걸을수록 제주 곳곳에 덩그러니 펴서는 제주의 은은함을, 자신의 존재감을 확실히 내뿜고 있었다. 저 꽃 뭐지? 저 꽃 뭐지? 하는 궁금증이 계속해서 일어나 하루는 너무 궁금해 휴대전화로 찾게 되었다.

'갯무꽃'

'갯무가 뭐지?'
'내가 모르는 식물인가?'

하지만 '갯'은 쓸모없다는 뜻이니까 한 마디로 무꽃이라는 얘기였다. 설마 싶었다. 이 아름다운 꽃이 무꽃일까 하는 의심병이 들어서 다시 검색했더니 또 '갯무꽃'이라고 했다. 사진 속 무꽃과 실제 무꽃을 비교해보니 똑같이 생겼다. 이거 진짜 무꽃이 맞나 싶어 냄새까지 맡아봤다. 아련한 무 냄새가 살짝 났다. 이 꽃이 무꽃이라니 나의 세상이 완전히 무너졌다.

'뭐라고 내가 아는 그 깍두기, 총각김치 만드는 무들이 여기 심겨 있다고!'
'그런데 이렇게 무꽃이 아름다웠단 말인가!'

인정은 했는데 그래도 의심스러웠다. 진짜 무가 맞나 싶어 걸으면서 한 번 더 검색했더니 나와 똑같은 호기심을 가진 사람이 있었다. 그분은 나보다 한발 나아가 무꽃 아래 흙을 직접 파서는 하얀 무 사진을 들고 환하게 웃고 계셨다. 속 시원하게 의문이 풀렸다. 3, 4월 봄에 연보랏빛 프로펠러같이 피어 있는 꽃은 '무꽃'이다.

무꽃, 이게 진짜 봄 제주지!
꽃과 바다를 보며 걷는 이 길이 황홀하다.

그 무꽃이 봄 제주 해변 길에 쫙 펼쳐져서는 올레꾼들을 아주 반갑게 맞아준다. 초록 이파리에 분홍 하양 조합의 꽃들이 검은 돌과 환상 궁합이다. 노란 유채꽃만 유명해서 사람들이 줄을 서서 사진 찍는 줄 알았는데 내게는 무꽃이 훨씬 더 제주다웠다. 많은 관광객 신경 쓸 필요 없이 해안가에 가서 여유 있게 무꽃과 봄 추억을 만들 수 있으니, 이보다 행복할 수가 없다. 그러고 보면 유명하다고 해서 무조건 다 좋고 다 예쁜 건 아닌 모양이다. 사람들이 몰라주더라도 내가 보기에 좋으면 좋은 거다. 그걸 바로 무꽃을 통해 알게 되었다.

아는 만큼 보인다고 이제는 그 아름다운 보랏빛 무꽃이 제주 현무암과 찰떡궁합인지 너무나 잘 안다. 무꽃이 바람에 팔랑팔랑 흩날리는 따뜻한 봄이 오면, 햇살 아래 반짝반짝 빛나는 제주 바다가 보고 싶다. 동요처럼 예쁘지 않은 꽃은 없지만, 그중에 난 봄에 피는 무꽃이 가장 제주답고 가장 사랑스럽다.

무꽃 보려고 봄에 제주에 가고 싶다. 아, 그리고 집 앞마당이 생기면 심고 싶은 꽃이 하나 추가됐다. 무꽃이다. 그런데 무 냄새가 집 마당에 진동하는 건 아니겠지…. 하하하.

06

선택과 집중을 나무에게 배우다

미세먼지와 코로나에 숨 한 번 제대로 쉬기 힘든 세상이 되어버렸다. 그래서 사람들은 주말이면 너나 할 것 없이 도시에서 탈출해 공기가 좋은 산으로 발걸음을 돌렸다. 제주도는 청정지역이라 미세먼지 걱정이 없을 줄 알았는데 제주도도 육지와 마찬가지로 미세먼지와 코로나 여파를 피해 갈 수는 없었다.

이 좋은 날에 그것도 제주도에 있는데 집에만 있기엔 너무 아까웠다. 공기 좋은 숲이 어디 있나 하며 거실에 붙어 있는 제주 지도를 보니 집 근처에 '서귀포 치유의 숲'이 눈에 쏙 들어왔다. '치유?' 그래 나무와 숲의 좋은 기운을 받으면 지친 내 몸과 마음을 낫게 해줄 거란 생각이 들었다. 숲 탐방 예약을 하고, 해설사님과 함께 숲 탐방길에 올랐다.

인기가 없는 곳인가 하고 여기를 지나치기만 했는데, 치유의 숲 안으로 쑥 들어와 보니 주차장에 차가 많았다. 다들 나처럼 맑은 공기를 마시러 온 게 틀림없었다. 무엇보다 놀란 건 화장실이었다. 화장실 벽면이 모두 나무로 되어 있어 숲에 가지도 않았는데 화장실 안이 바로 숲이었다. 피톤치드의 상쾌한 향이 코에 쑥 들어와 여기가 화장실인지 숲인지 분간이 안 갔다. 나무 향기 솔솔 풍기는 화장실은 태어나서 처음이었다.

내 마음을 편안하게 만든 화장실부터 '치유의 숲'이 마음에 쏙 들었다. 이런 나무 향이 가득한 화장실이 대한민국 모든 일터에 있다면 일의 능률은 자연스럽게 오르지 않을까, 일에 치여 사람에 치여 안 좋았던 기분이 저절로 좋아지지 않을까, 하고 혼자만의 상상의 나래를 펼쳐봤다. 화장실이 안 가고 싶어도 꼭 한 번은 '치유의 숲' 화장실을 가 보길 바란다.

숲해설가님이 여기 길에 관해 설명해 주신다. 무엇보다 제주어로 된 숲길 이름이 아주 인상적이다. '가멍(=간다) 숲길', '오멍(=온다) 숲길', '가베또롱(=가뿐한) 숲길', '쉬멍(=쉬면서) 숲길', '엄부랑(=엄청난) 숲길' 등 제주 숲길 이름들이 정말 친근하고 재미있다. 요즘 어디 가나 간판들이며 메뉴며 죄다 영어인데 여긴 숲 이름 모두가 한글이라 더 사랑스럽다. 숲길에 이름을 붙였다는 건 이 숲길을 사람 이름처럼 아끼고 사랑한다는 뜻일 거다. 사람 이름, 길 이름, 꽃 이름, 나무 이름…. 이름이 붙은 모든 것을 소중하게 대하며 자주 불러줘야겠다고 제주 숲길 이름을 보며 마음 먹었다.

편안하게 누워 있는 사람들을 보니
내가 다 힐링이 되었다.

숲해설가님의 설명 덕분에 제주 나무에 대해서도 많이 배웠다. 빨간 열매가 열리는 '백량금나무', 해병대 나무라고 불리는 '육박나무', 이산화 탄소를 엄청 많이 흡수하는 '붉가시나무', 그리고 오늘의 하이라이트인 '삼나무'와 '편백나무'까지 말이다.

"많은 사람이 물어보는데, 혹시 삼나무와 편백 나무의 차이를 아세요?"
깜짝 놀랐다. 올레길을 걸으면서 두 나무가 너무 비슷해 항상 궁금했던 생각이었다. 숲해설가님의 질문에 숲 체험 행사에 참여한 사람들 대다수가 머뭇거렸다. 두 나무의 잎 모양을 차례대로 보여주는데 삼나무는 잎이 뾰족뾰족하고, 편백나무는 잎이 평평 납작했다. 끝이다. 두 나무의 차이를 잎 모양으로 한 방에 해결해 주시는데 소름이 쫙 돋았다. 직접 내가 두 잎을 보고 만져보니 잎이 뾰족하면 삼나무, 아니면 편백나무다.

그리고 생각지도 못한 숲해설가님의 질문에 내 귀가 번쩍했다.

"삼나무 숲에 삼나무가 왜 이렇게 곧게 자랐는지 알아요? 아래에 있는 가지는 누가 잘랐을까요?"

'뭐? 곧게 자란 이유가 있었던 말이야?'
'아래에는 가지가 왜 안 뻗었을까?'
'그럼, 여기 숲 관리하시는 분이 잘랐나? 누구지?'
이런저런 생각을 하고 있는데, 숲해설가님이 "나무 스스로가 자른 거예요."라고 했다.

서귀포 치유의 숲.
나무를 통해 인생을 배우다.

제주 사계절 행복 스케치

'나무 스스로가 자른 거예요.'

'나무 스스로가 자른 거예요.'

……

잘못 들은 것 같은 그 말이 귀에서 계속 맴돌았다. 그러고는 사실이라고 인정한 순간 온몸에 소름이 지지직 지지직 돋았다. 가만히 서 있기만 한 저 삼나무가 생각한다고, 살아남기 위해 스스로 '선택과 집중'을 한 거라고, 선택과 집중이라니, 나무가 생각한다니 믿을 수 없는 설명이었다. 그리고 추가 설명도 해주셨다.

"나무가 커 가면서 주위 나무 때문에 나무는 생각하게 돼요. '밑에 가지가 햇볕을 못 받을 바엔 밑가지엔 영양소를 안 주고 대신 햇볕이 많은 위쪽으로 집중하자.' 그렇게 해서 밑가지는 스스로 자르고 위로만 곧게 자라게 되었어요. 그래서 삼나무가 곧게 자라게 되었어요. 나무 스스로 가지를 잘라버리는 것을 '자절 작용'이라고 해요."

할 말이 없었다. 살아남기 위해 삼나무도 스스로 몸을 자르고 햇볕을 더 받기 위해 올라간다는 말. 그 말을 들은 순간, 이 거대한 삼나무들이 마치 살아서 꿈틀거리고 있는 것 같았다. 삼나무의 신비에 정신이 없는데 숲해설가의 마지막 말에 소름이 한 번 더 돋았다.

"빨리 자라지 않는 습성을 가진 나무도 빨리 자라는 나무 옆에 있으면 살아남기 위한 절박함으로 빨리 자랍니다. 보기엔 이 숲이 참 고요하게 있지만 치열하게 경쟁합니다."

가만히 서 있는 것처럼 보이지만 치열하게 경쟁하며 절박하게 살아가는 나무들. 그 나무들 사이에 있는 나. 나는 과연 무슨 절박함으로 이 세상을 살아가는지, 한 번밖에 없는 생을 정말 소중하게 살아가고 있는지, 가만히 서 있지만 생각하는 나무를 보며, 나무에게 '살아감'을 배우는, 나를 되돌아보는 귀한 시간이었다.

가볍게 좋은 공기 마시러 왔는데 나무에 대해 진심으로 배운 시간이었다. 나무 덕분에 숲의 맑은 공기를 마시며 모처럼 숨 한 번 제대로 쉰 하루였다. 그리고 무엇보다 내 인생도 삼나무처럼 '선택과 집중'을 잘해서 곧고 높게 자라야겠다고 생각한 하루였다.

07

절대 두 번은 못 가!

10일 전, 아내와 올레길 1코스를 완주했다. 성산은 아이들과 같이 한 번 와서 한라봉 아이스크림에 고등어 쌈밥을 같이 먹으면 참 좋겠다고 말했다. 그리고 드디어 주말에 성산 가는 날을 잡았다.

성산일출봉 가는 아침이 분주하다.

"아들딸, 제주에서 아주 유명한 곳에 안 가 볼래? 아아아아아주 오래전에 화산이 폭발한 곳이래."

"진짜요? 그럼, 지금도 화산이 폭발해요?"

"음…. 그건 아니고, 올라가면 폭발했던 장소를 볼 수 있어."

"그럼, 아빠, 땅 파면 공룡 뼈들도 볼 수 있어요?"

"볼 수도 있지. 아이스크림도 사 먹고 공룡 뼈도 보러 갈까?"

"네~~~~."

높은 산에 올라간다면 힘들다고 잘 안 가는 아이들을 좋아하는 화산과 공룡 그리고 아이스크림으로 꾀었다. 내비게이션을 찍으니, 서귀포에서 성산까지 무려 1시간 15분이 걸렸다. 저번에 아내와 급행 버스 101번을 탔을 때보다 체감상 훨씬 더 멀었다. 아이들 둘을 데리고 가니 가도 가도 끝이 없다.

드디어 성산에 도착했다. 많은 관광객이 보였다. 역시 성산은 세계적인 문화유산이었다. 올라가기 전에 미리 화장실에서 볼일을 보고, 스틱도 2개 챙겼다. 총각 때 두 번 정도 성산을 올라갔었는데 엄청 높고 힘들었던 게 어렴풋이 기억났기 때문이다. 출발 지점에 아들딸 또래 아이들도 제법 많이 보였다. 가족들과 함께 주말에 의미 있는 곳으로 출발하는 모습들이 참 보기 좋아 보였다.

하지만 시작부터 난관이었다. 딸이 '내려가는 길' 표지판을 보고는, "아빠, 다리 아파, 난 내려가는 길로 갈래." 하며 하산하는 길로 빠졌다. 글자 잘 읽을 줄 아는 건 이럴 땐 하나도 도움이 안 됐다. 하하하.

총각 때보다 훨씬 더 경사가 높아진 게 확실하다.
오르고 올라도 숨이 목까지 찼다.

요 녀석들 내가 쓰려고 가져왔던 스틱을 하나씩 뺏어갔다. 스틱이 저희 눈에 장난감으로 보이는지 한동안 칼싸움을 재미있게 했다. 다행히도 스틱으로 재미있게 논 딸의 기분이 그새 좋아졌다. 하산하던 길로 빠진 딸이 스틱 하나를 들고 먼저 앞장서서 올라갔다. 아들도 누나 따라 올라 갔다.

'휴~다행이다.'
'스틱 정말 요긴하게 잘 쓰이네.'

"헉, 헉, 헉, 이건 고문이야!"

내가 하는 말이 아니다. 내 주위에 함께 올랐던 젊은 여자분들과 어르신들이 하시는 말씀이다. 그만큼 여기 길이 끝없는 오르막이다. 우리 딸도 힘든지 한 발짝 올라가며 "아! 힘들어서 못 가!"라고 말했다. 그런데 바로 그 순간, "즐거운 관람 되시기를 바랍니다."라고 방송이 나오는 게 아닌가! 아이러니한 상황에 딸과 나는 무슨 즐거운 관람이냐며 어이가 없어 픽 웃고만 말았다.

내가 쓰려고 가져온 스틱은 딸과 아들이 쓴다고 하나씩 들고 갔다. 목마르면 먹을 거라며 가져온 생수 두 통과 재킷도 무겁다며 아들딸이 내 손에 다 주고 갔다. 나는 스틱도 없이 아이들 물과 재킷까지 들고 오르막을 오르니 훨씬 더 힘들었다.

"헉, 헉, 헉."
"아휴, 아휴, 아휴. 한 칸 올라가고 꼭 쉬어야 해!"

사람들의 힘든 소리가 귓가에 생생하게 들렸다. 여기는 젊었을 때보다 확실히 높아진 게 확실했다. 올라도 끝이 보이지 않고 끝없는 계단만 계속 나왔다.

삼분의 이쯤 올라갔나 그렇게 힘들다던 사람들이 "우와! 우와" 했다. 무슨 대단한 일이 일어났다 싶어 뒤를 돌아보니 성산 주위가 한눈에 그림처럼 펼쳐졌다. 성산 마을과 광치기해변, 성산항이 싹 다 보였다. 그리고 저번에 올랐던 말미오름과 알오름도 보여 얼마나 반가웠는지 모른다. 바로 하산하자고 다리 아파 못 걷겠다고 한 딸도 그 예쁜 경치를 보더니 "우와, 경치 예쁘다. 스트레스가 다 풀리는 것 같아. 우와, 장난 아니다. 저기 사람이 콩알이다."라며 자연의 아름다움에 감탄했다.

우와, 경치 예쁘다.
스트레스가 다 풀리는 것 같다.

　힘을 내어 도착한 성산 꼭대기엔 초록빛을 띠고 있는 분화구가 우리를 반갑게 맞이했다. 힘겹게 올라온 사람들도 그제야 안도의 한숨을 내쉬며 환한 웃음을 지었다. 하지만 아들딸은 정상에 오른 기쁨보다 분화구 내려가는 길에 더 가고 싶은 모양이었다.

　"아빠, 내려가서 땅 파 보고 싶어. 공룡 뼈가 있는지 확인하고 싶어. 왜 못 내려가?"

　길이 막혀있자 아들은 왜 못 내려가냐고 한참이나 내게 원망을 했다. 출발 전에 성산일출봉에 공룡 뼈 보러 가자고 한 내가 아들에게 얼마나 미안했는지 모른다.

내려가는 길도 만만치 않았다. 끝없는 계단의 연속이었다. 딸아이에게 스틱을 받아 그나마 무릎을 보호하면서 한 계단 한 계단 내려왔다.

"언제 다 와? 다리 아파 힘들어 못 내려가겠어!"

내려가기 싫은 아들이 투정 부리며 아예 계단에 퍼질러 앉았다.

'아하!' 성산 올 때 아이스크림 사 먹자고 한 게 생각이 갑자기 났다.

"다 내려가서 우리 아이스크림 먹을까?"

그 말에 투덜투덜하지 않고 신나서 내려가는 아들. 한숨 돌렸다. 그런데 내가 천천히 걸어가니 먼저 내려간 아들이 저 멀리서 소리쳤다.

"아빠, 늦게 가면 아이스크림 다 팔릴지 모르니까 빨리 가요."

어이가 없었다. 언제는 다리 아파서 못 내려가겠다고 하더니 아이스크림 먹는다니까 다리 아픈 건 싹 다 잊은 모양이었다. 하하하. 힘겹게 산을 오르고 내려와서 먹는 한라봉 아이스크림이 아이들에겐 꿀맛이었다. 한 입 달라고 하니 아들딸 둘 다 숟가락 끝에 살짝 떠서 준 게 다였지만 말이다.

아이들과 함께 성산에 올랐다는 그 사실만으로 제주에서 행복한 추억을 하나 만들었다. 물론 힘겹게 성산 올라간 이후로 우리 아들딸은 제주도에 1년 있으면서 오름 근처는 가지도 않았지만 말이다.

성산일출봉에 우리 가족이 다 올라왔다.
얼마나 힘들었는지 그날 이후로 아들딸은 오름 근처에도 가지 않았다.

08

칠십리시공원
아이들이 제일 좋아하는 곳

칠십리시공원 놀이터에 자주 간다. 왜 자주 갈까, 생각해 보니 아이들이 좋아한다. 저번 주 일요일도 그랬다. 박물관 갔다가 시간이 한참 남았는데 어디를 가야 할지 전혀 모르겠고, 아이들은 심심하다고 난리를 부렸다. 이 상황에 제일 먼저 떠오른 곳은 바로 칠십리시공원이었다. 아들 딸에게 여기 가자고 하니 무조건 좋다고 했다.

오늘도 그랬다. 하원 후, 아이들이 유치원 놀이터에서 30분은 충분히 잘 놀았다. 문제는 그 이후. 몸만 놀이터에 있지 아이들의 심심함이 내 눈에 훤히 보였다. 그래서 "칠십리 가자."고 했더니 두말 안 하고 아이들이 차에 탔다. 우리 아이들에게 칠십리시공원 놀이터는 심심할 땐 언제나 통하는 만병통치약과 같은 존재다.

칠십리시공원 놀이터는
심심할 땐 언제나 통하는 만병통치약과 같은 존재다.

처음에는 '칠십리시공원'이라고 하길래 '시'가 왜 붙었지, 의문이 들었다. 부산광역시 할 때 그 '시'도 아니고 제주특별자치도인데 왜 붙었지, 하며 의아해했었다. 어느 날 안내판을 보는데 무릎을 '탁' 쳤다. '시' 옆에 한자 '詩'가 보였다. '아! 그래서 시 공원이구나!' 여기 공원을 자주 산책하는데 군데군데 좋은 시들이 바위에 많이 적혀 있기 때문이다.

아무튼, 아이들이 '시'를 좋아해서 여기 자주 오자고 하는 건 아니고, 아이들이 여길 좋아하는 이유는 따로 있다. 미끄럼틀 외에 특별한 놀이

기구들이 몇 개 있는데 그걸 아이들이 좋아하기 때문이다.

딸아이가 제일 좋아하는 건 '집라인'이다. 주말엔 줄을 서서 기다려야 할 정도로 인기가 아주 많다. 처음엔 매달리는 의자 부분이 높아서 탈 때마다 일일이 들어 올려주느라고 힘이 들었지만 이젠 전혀 걱정이 없다. 어느 날 오빠들이 순간적으로 점프해서 의자에 올라가는 걸 보고 딸은 몇 날 며칠을 연습하더니 성공했던 거다. 그래서 한 번씩 세게 밀어줄 때 빼고는 웬만하면 딸은 혼자 탄다. 오늘도 자기는 일곱 살인데 혼자서 탈 수 있다고 어깨에 잔뜩 힘이 들어가서는 자기 또래와 여덟 살 오빠들 앞에서 자랑을 그렇게나 했다. 하하하.

그리고 아들딸 둘 다 좋아하는 놀이기구가 하나 있다. 두 개의 육각형 나무통이 그물로 연결된 놀이기구다. 여기 위로 올라갔다가 내려왔다가 하는 걸 둘 다 아주 좋아한다. 나도 사실 아이들이 놀 때, 여기 육각형 나무 안에서 쉴 때가 참 좋다. 사람이 없을 땐 그냥 대자로 누워 있다. 하하하. 아이들은 통나무를 오르락내리락하면서 낚시 놀이도 하고 점프도 하고 줄타기도 하고 참 다양하게 잘 논다.

난 육각형 나무 안에서 누워
쉴 때가 제일 좋다.

끝으로 아들딸이 좋아하는 놀이기구가 하나 더 있다. 10개 정도의 통나무가 동그랗게 세워지고 누워져 있는데 여기 위를 안 넘어지고 걷는 것을 아주 좋아한다. 처음에는 서는 것도 힘들어 내가 손을 잡아줘서 겨우겨우 한 바퀴 돌았지만, 아들이 몇 번 해보더니 통나무 위를 혼자서 잘 걸어 다녔다. 그러다 오늘은 마지막 통나무 위에서 미끄러지고 말았다. 아들은 얼마나 아팠던지 엉엉엉 소리를 내며 한참이나 울었다. 얼른 가서 살펴보니 오른쪽 정강이 중앙이 시퍼렇게 멍이 들어 부어올랐다. 얼른 차에 가서 파스를 하나 붙여주니 눈물을 뚝 그쳤다.

통나무 위에서 놀다 아들이 넘어졌다.
정강이 중앙이 시퍼렇게 멍이 들었다.

실컷 놀고, 산책도 하고 집에 가려고 하는 찰나, 갑자기 "빠졌다."라고 누군가가 다급하게 소리를 쳤다. 딸이 연못을 건너다가 물에 빠진 것이다. 얼른 뛰어가서 보니 딸 한쪽 발이 푹 빠졌고 상처까지 났다. 연못 위를 걸어가다가 오빠랑 부딪혀서 넘어졌다고 했다. 많이 놀랐을 건데 울지도 않는 딸에게 참 대견스럽다며 옆에서 많이 다독여 주었다.

항상 즐겁기만 할 수 없는 게 바로 인생살이다. 이렇게 재미있는 장소지만 조금만 부주의하면 다칠 수도 있다는 것을 아이들이 배운 하루였을 거다. 여섯 살 일곱 살인 아들딸은 끝끝내 가는 차 안에서 아픈 거까지도 누가 또 더 아프다고 싸웠다.

"내가 누나보다 더 아파!"

"나도 아파."

"내가 더 아파. 난 파란 게 생겼어!"

"……"

"……"

끝도 없다. 하하하.

아이들은 아파도 내일 칠십리시공원에 분명 또 가자고 할 거다.

칠십리시공원에서 우리 가족은 자주 산책을 했다.

09

봄바람이 솔솔 불어오면 차귀도로

"우와! 우와!"

"뭐야! 뭐야! 여기 외국 아니야?"

아내와 나 바다 저편에 있는 특이한 모양의 섬들을 보고는 한동안 정신을 못 차렸다. 그동안 올레길을 걸으며 수없이 많은 멋진 풍경을 봐 왔지만, 이런 이국적인 풍경은 생전 처음이었다. 분명 제주도인데 눈앞에 이국적인 풍경이 떡하니 펼쳐져 있으니 어안이 벙벙했다. 나를 홀리게 만든 그 풍경, 그 중심에 차귀도가 두둥 서 있었다.

분명 제주도인데 눈앞에
정말 이국적인 풍경이 펼쳐졌다.

어느 날 아주 우연히 이웃 블로그에서 차귀도 관련 글을 보게 되었다. '이 무인도를 배 타고 가서 구경할 수 있다고?' 가슴이 두근두근했다. 블로그 속 사진도 몇 장 봤는데 경치가 끝내줬다. 아내도 좋다며 승선권을 바로 예매했다. 그리고 며칠 후, 서귀포에서 차로 1시간 걸려 '한경면 노을 해안로 1163'에 도착했다. 발권을 하니 20분 정도가 남았다. 눈앞에 있는 차귀도를 배 타고 가서 직접 구경할 생각을 하니 가슴이 벅차올랐다.

갑자기 어디서 오징어 구운 냄새가 솔솔 났다. 그 냄새를 따라가니 구운 오징어 파는 가게가 줄줄이 10개는 나왔다. 그 냄새를 이기지 못하고 결국은 촉촉 오징어 한 마리를 5,000원에 사버렸다. 오징어 몸통을 길게

찢어 마요네즈를 듬뿍 찍어 한입 먹었더니 기가 막혔다. 야들야들 고소한 게 손이 계속 갔다. 오징어 가격이 비싸다고 투덜대던 아내도 한입 맛보고는 말없이 계속 먹었다. 그리고는 맥주와 오징어를 같이 먹는 아줌마를 아내가 그렇게 부러워하며 쳐다봤다. 하하하.

역시 여행은 먹는 재미다. 항시 가방에 귤이든 과자든 견과류 봉지든 먹을 것을 넣어 두고, 출출하면 언제든 꺼내 먹어서 에너지를 보충해야 한다. 그래야 입이 즐거워지고 허기가 채워지고 지친 기운이 되살아나 여행이 즐거워진다.

"저기 돌고래다! 돌고래다!"

누군가의 외침에 바라본 바다. 회색빛 매끈한 피부를 가진 돌고래 두 마리가 파도를 가로질렀다. 아내는 신나서 펄쩍펄쩍 뛰며 돌고래를 쳐다봤다. 세상에나 살아 있는 돌고래를 바다 한가운데서 만날 줄이야. 아직도 못 찾은 사람들이 "어디 어디?" 하며 돌고래 찾는다고 난리였다. 세상에 이런 행운이 다 있는지. 깜짝 돌고래 쇼에 사람들 모두가 기분이 좋아졌다.

출발한 지 10분도 채 안 되어 여기 차귀도 메인 섬인 '죽도'에 접안을 했다. 계단을 오르자마자 오래전 집터가 하나 보이고 곧 저 멀리 하얀 등대가 하나 보였다. 사람의 손때가 하나도 안 묻은 이곳, 자연 그 자체가 주는 아름다움 속에 풍덩 빠져들기 시작했다. 차귀도가 천연기념물이라 그런지 보석들이 곳곳에 박혀 있었다. 그 보석들을 마주할 때마다 사람들의 손과 사진이 바빠지기 시작했다. 하나둘 셋! 관광객들 모두 그 보석들과 한없이 기쁜 표정으로 인생 최고의 기쁜 순간을 담았다.

해안 길에 접어들자 풍경이 압권이었다. 여러 바위가 옹기종기 모여 있는 모습이 꼭 독도에서 본 풍경이랑 흡사했다. 아니, 독도 풍경보다 훨씬 더 아기자기하고 더 멋졌다. 여기서 봐도 멋지고, 또 조금 더 가다 뒤돌아봐도 멋지고, 찍고 또 봐도 멋지고, 뭐 지루할 틈이 하나도 없었다. 우리 아내는 내가 사진 찍는다고 정신없으니 시간 없다며 늦는다고 빨리 가자고 그랬다. 생각해 보니 정말 10여 분 동안, 이 풍경에 푹 빠져 정신을 잃었음이 틀림없다.

차귀도, 여긴 한국이 아니야.
다양한 시각에서 봐야 진짜 모습이 보인다.

　앉은 자리를 바꾸면 눈앞의 풍경이 달라지듯 출발할 때 바라본 차귀도
와 죽도에서 바라본 차귀도의 모습은 전혀 달랐다. 여러 방향에서 차귀
도의 부속 섬들을 바라보니 다양한 시각에서 사물을 봐야 진짜 그 모습
을 볼 수 있겠다 싶었다. 인생을 바라볼 때도, 나의 시각에서만 볼 게 아
니라 친구의 관점에서도 보고, 아내의 관점에서도 보고, 여러 방향에서
바라봐야 더 객관적이고 전체적인 안목을 가질 수 있겠다 싶었다.

　풍경에 취해, 생각에 취해 겨우 섬 정상을 찍고 1시간 안에 부랴부랴

배로 돌아왔다. 배를 타고 항구로 가는 길, 세상에서 제일 부러운 여행을 하고 온 사람처럼 마음 부자가 되었다. 배 뒤편에 서서는 멀어지는 하얀 물거품과 함께 차귀도를 오랫동안 눈에 넣었다. 제주도에 이런 이색적인 외국 풍경이 있을 줄은 상상도 못 했다. 아직 많이 알려지지 않은 천연기념물인 차귀도를 반드시 제주에 왔을 때 1순위로 꼭 가 보면 좋겠다.

집으로 가는 길, 차귀도 가는 배에서 우연히 들었던 김광석 님의 〈바람이 불어오는 곳〉 가사가 계속 생각나 한참을 흥얼거렸다.

'꿈에 보았던 그 길. 그 길에 서 있네~.'

차귀도를 걸으며 진짜 꿈에 본 길을 걷는 기분이었다.

10

5월엔 영실 탐방로를 꼭 찾아라

한라산 꼭대기 백록담은 정말 가 보고 싶다. 하지만 체력이 안 돼서 도저히 못 가겠다. 그래서 그나마 쉬운 코스를 알아보니 별표가 두 개밖에 없는 영실코스가 나왔다. 아내보고 영실코스 어떠냐고 그러니 내 걱정은 하지 말고 본인 무릎 걱정만 하면 된다고 그런다. 하하하.

『희망 서귀포, 봄』 책자에서 읽었는데 4~5월 봄에 영실코스를 오르면 철쭉과 한라산의 환상적인 조합을 볼 수 있다고 했다. 그 부푼 기대로 아이들을 유치원에 등원시키자마자 중앙로터리 근처인 '한라네 김밥'에서 김밥 두 줄을 사고는 바로 영실매표소로 향했다.

영실코스 가는 1100도로 길이 상당히 꼬불꼬불하고 높다. 조금 올라온 것 같은데도 귀가 멍할 정도였다. 1 주차장에 주차하려니 아내가 여기 주차하지 말고 끝까지 올라가라고 했다. 아내 말 듣기를 잘했다. 끝까지 올라오니 차들이 싹 다 있다. 하하하. 1 주차장에 주차했다면 걷는 데만 1시간 이상 걸었을 것 같다.

제주 와서 알게 된 조릿대.
보면 볼수록 귀여워 범섬만큼이나 좋아하는 식물이 돼 버렸다.

'스틱'을 꺼내고 모자를 쓰고 올라갈 채비를 마쳤다. 입구에 들어서자 마자 내가 좋아하는 조릿대가 쫙 펼쳐져 있고, 소나무들이 눈을 시원하게 했다. 난 여기 길이 좋아 들떠서 아내에게 "여기 길 어때?"라고 물었는데 아내는 쿨하게 "동네 뒷산 같은데."라고 해서 한참을 웃었다. 그러고 보니 아내 말처럼 동네 뒷산처럼 걷기에 참 좋다. 숨을 크게 들이마시니 공기가 제법 차면서 상쾌하다. 물소리는 졸졸졸 흐르고, 제주 휘파람새는 나를 따라다니며 휘파람을 불어준다. 눈이 시원하고 귀까지 상쾌해지는 영실 탐방로 초입이다.

아주 편하게 걷던 길이 갑자기 70도 경사 계단 길로 바뀌었다. 영실 초입 길이 너무 편해 방심했다.

"점점 가팔라지기 시작하는데. 헉헉! 힘든데…. 여기 성산 올라가는 것 같은데. 여보!"

"다행히 스틱이 있어서 정말 좋네요. 의지할 데가 있네!"

스틱이 있어 의지가 된다는 아내의 말에, 살면서 힘들면 서로 의지가 되는 그런 스틱 같은 존재가 부부가 아닌가 하는 깨달음을 얻었다.

그 험난한 수직 계단을 올라오니, 산등성이 위에 10센티 간격으로 암벽들이 쭉 늘어서 있었다. '영실 기암'이라고 했다. 영실 기암 설명을 하는 안내판 글을 읽으니 영실 기암 보는 재미가 더해진다. 저 멀리 보이는 바위 하나하나가 설문대할망의 아들이라고 생각하니 보면 볼수록 신기했다. 이틀 전에 간 차귀도가 바로 막내가 변한 바위라니 차귀도와 오늘 영실코스의 인연이 운명처럼 다가왔다.

처음 보는 영실 기암에 푹 빠졌다.

- 영실 기암 표지판 안내 글 -

설문대할망에게 오백(500) 명의 아들이 있었는데 이들에게 죽을 먹이기
위해 큰 가마솥에 죽을 끓이다가 실수로 설문대할망이 솥에 빠져 죽었다. 외
출 후, 돌아온 아들들은 여느 때보다 맛있게 죽을 먹었다. 마지막으로 귀가
한 막내가 죽을 뜨다가 뼈다귀를 발견하고 어머니의 고기를 먹은 형들과 같
이 살 수 없다 하여 차귀도에 가서 바위가 되어버렸고, 나머지 499명의 형
제가 한라산으로 올라가 돌이 되었다는 이야기를 전한다. 그래서 영실 기암
을 '오백장군' 또는 '오백나한'이라 불리게 되었다.

처음 보는 영실 기암에 푹 빠졌다. 병풍바위와 철쭉이 어우러져 올라갈수록 더 가까이 선명하게 보이니 더 멋있다. 다리는 수많은 계단을 걸어서 뻐근한데 조금만 눈을 돌리니 멋진 풍경에 피곤이 싹 가시고, 감탄이 끊이지 않았다. 그래도 너무 무리하지 말자며 아내와 나는 병풍바위 근처 구급약품이 있는 곳에서 한라봉을 먹으며 잠시 쉬었다. 저 멀리 온갖 종류의 오름이 다 보이고 산방산, 마라도, 가파도까지 싹 다 보였다.

저 멀리 온갖 종류의 오름이 다 보이고
산방산, 마라도, 가파도까지 싹 다 보였다.

"여보 올라오니 너무 좋다!"

"우와! 절경이다. 날씨도 너무 좋다. 진짜 멋지다. 우와~ 우와."

쉬면서 풍경 감상을 한창 하는데 한 할머니와 6살짜리 남자아이가 보였다. 이 높은 곳까지 걸어서 올라온 아이가 정말 신기하고 대단해 보였다. 지나가는 사람마다 그 아이를 대단하다고 칭찬해 주었다. 그래서 할머니에게 어떤 묘책이 있나 싶어 궁금해서 물었다.

"할머니, 우리 아들딸은 다리 아프다고 절대 산에는 안 올라오는데 어떻게 하면 아이를 데리고 올 수 있어요?"

"살살 먹을 거로 유인해서 가면 돼!"

짧고 재치 있는 할머니의 대답에 다 같이 한참을 웃었다. 그리고 자연스럽게 할머니와의 대화가 이어졌다. 올해 65살이라는 할머니께서는 제주도에서 2년째 살고 계셨으며 전국을 돌아다니며 인생을 즐기고 계셨다. 매사 긍정적으로 사시고 활력이 넘쳐 보이는 할머니의 주옥같은 말씀 중에 특히 "살아보니 꿈꾼 대로 살아진다."라는 말이 내 마음에 쏙 들어왔다. '삶이 별것 없다…. 꿈꾸는 대로 살아라.'라는 그 말씀이 오랫동안 영실 풍경과 함께 내 마음에 남았다.

병풍바위를 오르니 오르막이 사라지고 걷기 좋은 평지가 나왔다. 힘든 오르막을 한참 걷다 평지 길을 걸으니, 몸이 날아갈 듯 가벼웠다. 구상나무 숲길로 들어서는데 살아 있는 나무도 멋지지만, 고사한 하얀 구상나무도 아름다운 풍경이 될 수 있는지를 알게 됐다.

그러다 어느 순간, 책자에서 본 풍경이 바로 내 눈앞에 나타났다. 그 웅장함에 아내와 나는 그대로 얼어붙었다. 기암 백록담 외벽과 분홍 철쭉의 환상 조합에 내 카메라 셔터가 연신 찰칵찰칵했다.

영실 철쭉과 한라산. 분홍색 치마를 두른
한라산 외벽에 압도당하다.

저 멀리 아래에서 보았을 땐 꼭대기가 그냥 돌덩이라고만 생각했는데, 가까이서 보니 백록담을 품은 한라산 꼭대기가 예술작품이었다. 조그만 돌덩이 산이 수십 개가 모여 하나의 큰 산이 되어 있었다. 도저히 믿기 힘든 작품을 직접 조각한 자연의 신비에 혀를 내둘렀다. 한라산 꼭대기도 멋진데 그 아래에 핀 분홍색 철쭉도 화사하게 피어서 마치 한라산 꼭대기가 자줏빛 치마를 입고 있는 것 같았다.

윗세오름에서 점심을 먹고 하산하는 길, 김밥을 먹어서 힘이 났는지 아니면 여정이 끝나서 내려갈 일만 남아서 그런지 마음이 가벼웠다. 노루샘에서 사람들이 시원하게 나오는 물을 받는데 그 대화가 너무 웃겨 한참을 웃었다.

"이게 진짜 삼다수 아니야?"
"아니지. 이게 더 좋지!"
"나 3,000원 치 마셨어! 크하하."
"하하하."

"우리도 물통에 있는 물 버리고 이 물로 담자!"
아내랑 나도 사람들의 말에 혹해 빈 물통에다 삼다수보다 더 좋은 진짜 한라산 백록담 물을 담았다. 벌컥벌컥 마시더니 아내가 "캬~ 시원한 게 맛있네. 이게 진정한 삼다수네!"라고 소리쳤다. 나도 한입 쭉 마셨는데 이 한라산 분위기에 취했는지 물이 신성한 물처럼 느껴졌다. 백수 할 것 같은 착각마저 들었다. 오래 살고 싶고, 진정한 삼다수를 마시고 싶다면 여기 노루 샘물을 꼭 마셔보기를 바란다.

김밥에 '진정한 삼다수'를 마신 덕분에 올라온 속도보다 세 배는 빠르게 걸어 내려갔다. 스틱이 있어 내리막도 걱정이 없었다. 힘든 곳마다 작지만 크게 의지가 되는 스틱을 보니 올라오면서 아내가 했던 '스틱이 있어서 의지가 된다.'라는 말이 다시 생각났다. 나 역시 힘들면 옆에서 의지가 되고 힘이 되는 그런 스틱 같은 사람이 되겠노라고 스틱을 쿡 찍을 때마다 다짐했다.

계단이 수없이 많았지만 4시간 영실코스는 평생 잊지 못할 것 같다. 별표 두 개라고 쉬운 코스라고 하는데 나한테는 별표 3개 이상이다. 백록담 꼭대기 기암 외벽과 분홍 철쭉을 보고 싶다면 5월 영실 탐방로를 꼭 찾길 바란다. 그리고, 서로에게 의지가 되는 '스틱'은 꼭 챙기길 바란다.

푸릇푸릇 찰랑찰랑,
여름 제주

01

아침 산책
자유와 여유로움을 찾아서

산책이 좋다. 걸으면 머리가 맑아진다. 맑아지는 그 느낌이 좋아서 산책을 자주 한다. 머리만 맑아지는 게 아니고 눈도 맑아진다. 아니 눈이 시원해진다고 하는 게 맞겠다. 시원한 바람이 새롭게 맞이할 하루에 생명력과 에너지를 넣어준다. 때론 저녁 산책도 종일 지쳤던 눈에 쉼을 넣어준다. 벌겋게 충혈된 실핏줄이 제자리를 찾아서 눈이 편안해진다. 눈이 편안해지니 마음이 편안해지고 세상이 편안해진다. 산책을 통해 머리와 눈과 마음과 세상이 편안해지는 이치를 배운다.

제주 1년 살이 중 가장 기억에 남는 일은 단연코 출근 걱정하지 않고 마음껏 아침 산책을 즐겼던 일이다. 일하지 않는 자유, 산책할 수 있는 여유, 그 자유와 여유로움을 찾아서 이 멀리 제주까지 찾아왔는지 모른

다. 원래 산책을 좋아하지만, 제주 산책은 더 좋았다. 주위에 높은 건물
이 없으니 내가 서 있는 곳 주위가 언제나 뻥 뚫린 운동장이 되어 360도
파노라마 뷰를 볼 수 있었다.

동홍천 힐링길.
하루를 산책으로 시작하면 그날이 평온해진다.

제주집이 아파트여서 집에만 있으면 여기가 부산인지 서울인지 전혀
구별되지 않았다. 그래서 새벽에 무조건 밖으로 나왔다. 저 멀리 구름 모
자를 쓴 한라산이 반갑게 인사를 해주면 그제야 '내가 제주에 있구나!'라
는 안심이 들었다. 아파트 밖을 벗어나 보이는 한라산이 첫 번째 제주 모
습이라면 그 둘째는 바로 '돌담'이었다. 도시에서는 전혀 볼 수 없는 돌담
을 볼 때면 참 정감 있게 느껴졌다. 그리곤 나도 모르게 돌담을 쓱 만져

보게 되었다. 누구 하나 알아주지 않는 돌들이지만 완성된 돌담은 내게 제주만의 살가움을 전해줬다.

그 돌담 끝에 아침 산책길이라는 선물이 나타났다. 이름은 '동홍천 힐링길'인데 그 이름 그대로 걸으면서 몸과 마음이 저절로 치유되는 곳이었다. 졸졸 흐르는 시냇물 소리를 들으며 '내가 걸어가고 있구나, 내 발소리에 오리 떼가 후드득 날아가는구나, 개구리 울음소리가 와글와글 웅장하구나.'라는 당연할지도 모르는 일상에 당연하지 않은 감사를 했다. 그러면서 이 지구는 나 혼자 사는 곳이 아니라 여러 자연 식구와 함께 살아가는 곳임을 알게 되었다.

하루는 달팽이가 힘겹게 데크길 위를 기어가고 있었다. 다른 사람들 발에 밟혀 죽지 않게 얼른 잡아다 풀숲에 놓아주었다. 천연기념물인 오색원앙을 본 날은 너무나 고운 색에 취해 숨을 멈추고 원앙을 쳐다봤다. 그러다 태양이 막 뜨기 전 붉게 물든 하늘과 형형색색의 구름을 만날 때면 내가 지구의 주인이 되어 하루를 여는 느낌마저 들었다. 그런 날은 산책하다 산책은 안 하고 멍하니 하늘만 쳐다봤다.

이렇게 혼자서 하는 아침 산책도 좋았지만, 아이들을 유치원에 보내고 아내와 둘이 하는 산책도 좋았다. 올레길을 걸으면서 보이는 자연들에 감탄을 아끼지 않았다. 어디 유명한 곳도 아닌데 아내는 제주 풍경이 아름다워서 나를 여기에 서라고 하며 찍고, 저기 서라고 하며 찍었다. 바다도 더 푸르고 하늘도 더 파랗고 구름도 더 하얗고 바람마저 더 아름답게 느껴진 제주였다. 그러고는 가끔 들려오는 새소리에 얼마나 영혼이 치유되는지 몰랐다. 걷다가 가만히 멈춰 서서는 숲속에서 들여오는 제주휘파람새의 "휘이이이이 휘리휘리휘" 소리에 귀를 기울였다. 아내와 나를 위해 무료 라이브 콘서트를 열어주니 그저 그 순간이 고마웠다.

저 멀리 구름 모자를 쓴 한라산이 반갑게 인사를 해주면
그제야 '내가 제주에 있구나!'라는 안심이 들었다.

그렇게 하루를 산책으로 시작하면 그날이 평온해졌다. 어떤 힘듦이 찾아와도 꿋꿋하게 이겨낼 여유와 편안함이라는 갑옷으로 산책은 나를 무장시켰다. 아내가 불평해도 아이들이 짜증을 내도 산책으로 깊어지고 넓어진 마음은 다 받아들일 수 있게 됐다. 그 마법을 제주 아침 산책을 통해 배웠다.

그 습득한 마법을 여기 부산에서도 마구 부리고 다닌다. 머리가 시원해지고 눈이 시원해지는 마법 덕분에 종일 아이들과 힘겨루기할 힘을 아침 산책에서 얻는다. 다만 아쉬운 건 제주 친구들이 보이지 않는다는 거다. 한라산이 그렇게나 나를 보며 반갑다고 인사를 해줬는데 높은 아파트에 가려 앞산도 제대로 보이지 않는다. 손으로 느껴지는 돌담 생각에 단풍잎을 대신 쓱 만져본다. 귀가 호강할 정도로 고운 제주휘파람새 노랫소리를 듣고 싶은데 까마귀만 까악까악 울어댄다. 오색찬란한 원앙 대신 도시 땟국물이 잔뜩 낀 비둘기들이 부산하게 먹이를 찾으러 다닌다.

보이지는 않지만, 제주 친구들을 생각하며 오늘도 난 아침 산책을 한다. 하루를 여유 있게 맞이한다.

02

친구
산다는 건 누군가와 마음을 나누는 일

하루는 아내가 그랬다.

"지영이 언니 이사 오기 전과 후로 제주살이가 나뉘는 것 같다."

그 말에 나도 격하게 맞장구를 쳤다.

"그래, 내 친구가 이사 오고 나서 제주살이가 정말 재미있어졌지."

그리고 아내가 내 말에 쐐기를 박았다.

"지영이 언니 이사 오기 전엔 어떻게 살았는지 모르겠다! 기억이 하나도 안 날 정도네!"

(참고로 지영이 언니는 중문에 사는 내 친구의 아내이자 나랑 동갑인 친구다.)

친구가 제주에 이사를 왔다. 그것도 차로 25분 거리에 있는 중문으로.

친구가 이사 오기 전에 제주에 아는 사람 한 명도 없이 우리 가족 넷이 달랑 제주에 살았다. 생각해 보니 아이들을 유치원에 보내고, 아내랑 나는 그냥 올레길만 열심히 걸었던 것 같다. 나름대로 재미있게 의미 있게 하루하루 잘 산다고 생각했는데, 친구가 이사를 오니 이건 뭐 제주가 신세계로 변했다.

고작 친구 가족 네 명이 이사를 왔는데, 제주의 하루가 즐겁고 풍성해 졌다. 아무것도 안 하고 친구 집에서 따뜻한 차 한잔 마시며 옛 이야기를 나누는데도 그렇게 즐거울 수가 없다. 넷이 올레길도 자주 걸었다. 친구들과 이야기를 나누며 걷는 제주도는 더 아름다웠다. 안 그래도 제주 자연이 얼마나 예쁜가! 거기에 내 마음을 다 받아줄 수 있는 친구와 아내까지 있으니, 여기가 바로 낙원이었다. 언제든 힘이 들면 우리 말을 들어주고 마음 깊은 곳까지 울리는 따뜻한 말을 해주는 친구들 덕분에 제주살이가 외롭지 않고 든든해졌다. 사는 데 있어서 제주라는 새로운 환경도 중요하지만, 장소보다 사람이 훨씬 더 중요하다는 걸 뼈저리게 느꼈다.

친구가 제주에 오기 전, 공원에 놀러 갈 때면 도민들 가족 여럿이 모여 이야기하는 모습을 보면서 아내랑 나 둘이 얼마나 부러웠는지 모른다. 그러나 이제는 그 부러움을 하나도 느끼지 않는다. 언제든 두 가족이 만나 주말에 이야기꽃을 피울 수 있고, 아이들도 서로 만나 하하하 호호호

거리며 재미있게 노니 마치 한 가족 같다. 네 명의 든든한 지원군(친구, 친구 부인, 친구 아들, 친구 딸)과 함께 있으니 세상 다 가진 것처럼 마음이 꽉 찬다.

아, 맞다! 친구 소개가 늦었다. 친구는 그 힘들었던 고3 시절을 함께 한 친구다. 내가 중등 임용고시에서 두 번이나 낙방하고 힘들어할 때 과자 상자를 보내줘서 내 마음을 울렸던 친구다. 이런 친구가 타지에 함께 있으니 어찌 든든하지 않을 수 있겠는가! 그 좋은 직장을 그만두고 아들딸과 아내와 함께 제주로 완전히 내려온 친구. 그 결단력과 용기에 박수를 보낸다. 그러고 보니 15년 전에도 잘 나가는 직장을 휴직하고 아내와 세계여행을 다녀왔었다. 다양한 나라에서 다양한 사람과 다양한 것을 봐서 그런지 친구는 마음이 항상 열려 있고 생각이 자유롭다.

하루는 친구가 자기 집에서 브런치로 차와 빵을 먹자고 하는데 기분이 참 묘했다. 이 커다란 제주도에 지인 하나 없는데 나를 초대하는 누군가가 있다는 자체가 고마웠고, 마음을 터놓고 진심으로 이야기 나눌 대상이 있다는 게 이렇게 행복한 일인지 처음 알았다.

산다는 건
누군가와 마음을 나누는 일이다.

친구 내외와 살아가는 이야기를 나누다 보니 최근에 본 애니메이션, 〈너의 췌장을 먹고 싶어〉가 생각났다. 왜냐하면, 이 만화를 보고 '산다는 것'에 대해 깊이 생각했기 때문이다. 영화를 다 보고, 남자 주인공이 여자 주인공 '사쿠라'에게 "산다는 건 어떤 거야?"라고 물어보는 장면을 다시 봤다. 화면을 멈추고는 췌장 병에 걸려 곧 죽을 사쿠라가 하는 말을 노트에 적었었다.

산다는 건 말이지….
누군가와 마음을 나누는 일이야.

사쿠라가 한 말을 적으면서 깜짝 놀랐다. 최근 내 생각과 사쿠라의 생각이 너무 비슷했기 때문이다. 사쿠라의 말처럼 산다는 건 친구와 마음 편히 이야기하는 거였고, 맛있는 걸 함께 먹는 거였고, 빵 한 쪽이라도 나누고 싶은 거였다. 그러고 보니 중문 친구와 메시지로 매일 이것저것 제주살이 정보교류를 하고 있었고, 맛있는 장소와 함께 찍은 사진도 나누고 있었다. 만화 속 사쿠라가 그렇게 살고 싶었던 삶을 친구와 함께 나누면서 지내고 있었다.

산다는 건 내가 하고 싶은 일 하면서 나만 즐겁게 잘 지내면 되는 줄 알았는데, 그게 아니라 나를 넘어서 누군가와 마음을 나누는 일이었다. 한

명이라도 좋으니 그 누군가와 마음을 나누고 있으면, 우리 내 인생은 어쩌면 특별하지 않아도 이 지구별에서 잘 사고 있는 건지도 모른다.

'산다는 건 말이지…. 누군가와 마음을 나누는 일이야.'라고 웃으며 말하는 사쿠라 모습이 잊히지 않는다.

03

색달해수욕장
결국 좋은 기억만 가슴에

제주 여름 이야기하는데 해수욕장을 빼면 팥과 슈크림 없는 붕어빵이다. 정말이지 여름 내내 아이들 데리고 해수욕장을 많이도 다녔다. 날씨가 더우니 아이들은 시원한 물속으로 가자고 그렇게 떼를 썼다. 제주집에서 제일 가까운 색달해수욕장은 주말마다 거의 다녔고, 저 멀리 금능해수욕장에 표선과 은모래 해수욕장까지 섭렵했다. 각자의 색깔이 다 있었던 해수욕장이었지만 아이들은 역시나 색달해수욕장을 제일 좋아했다.

물놀이 한 번 하러 가려면 준비해야 할 게 정말 많았다. 일단 점심 먹을 게 한 짐이었다. 주변에 먹으러 갈 곳이 딱히 없어 허기를 채워줄 과일과 밥, 라면, 김치를 챙겨야 했다. 거기에 입이 심심하면 먹어야 할 과자와 음료수, 그리고 목마를 때 필요한 물도 챙겨야 했다. 먹을 게 끝나면 물

놀이 준비물도 끝이 없었다. 튜브, 구명조끼, 여벌 옷, 공기 펌프, 타월, 모자, 선크림 등등. 헤아릴 수 없는 짐들이 팔과 마음을 눌렀다. 그것도 모르고 아이들은 자기 수영복만 입은 채 빨리 안 가냐고 아내와 나를 재촉했다.

차에 준비물을 가득 싣고 색달해수욕장에 도착했건만, 해변까지 내려가는 길이 또 만만치 않았다. 경사가 심하고 해변까지 걸어서 가는 길이 제법 멀었다. 차 트렁크에 있는 무거운 테이블과 의자와 각종 짐을 바리바리 들고 내려가는데 이마와 온몸에 땀이 삐질삐질 났다. 아이들은 어른들 고생하는 건 당연한 일이라 생각하는지 저희끼리 먼저 다다다다 달려가고 보이지도 않았다.

해변에 도착했더니 기운이 쭉 빠졌다. 그래도 할 건 얼른 해야 하는 법. 해변에 가까운 장소를 찾아서는 테이블과 의자를 펼쳐 자리를 확보했다. 그러고는 파라솔 가격을 아끼려고 뜨거운 태양 아래에서 우산 두 개를 모래에 꽂았다. 튜브에 공기를 넣는데 기운이 달려 아이들에게 하라고 했더니 신이 났다. 물에 들어가기 전에 준비 운동은 벌써 끝이 났다.

각자의 색깔이 다 있었던 해수욕장이었지만
아이들은 색달해수욕장을 제일 좋아했다.

　여기 색달해수욕장에 오신 분은 알겠지만, 파도 속도와 힘이 제주 해
수욕장 중에서 제일 세다. 몸이 파도에 떠밀려 와서는 다시 물속으로 빨
려 들어갔다. 처음 왔을 때는 너무 위험해 보여서 한시도 아이들한테서
눈을 뗄 수가 없었다. 서핑 애호가들은 그 세찬 파도를 즐기며 신나게 서
핑을 즐기고 계셨다. 다행히 구명조끼를 입은 아이들도 파도에 적응이
됐는지 어느새 파도를 타며 놀기 시작했다.

"온다."

"우와!"

"또 온다."

"와!"

"또 온다."

"하하하."

"또다."

힘들게 준비했던 일들은 자연히 잊히고,
좋은 기억들만 분명 남을 것이다.

내리 4연속 집채만 한 파도가 아이들 몸을 붕 띄웠다. 파도에 실려 떠밀려 가는 게 재미있는지 파도타기에 시간 가는 줄 모르고 아이들은 깔깔깔 웃으며 놀았다. 아이들이 신나게 파도 놀이하는 동안 나도 물 위에 누워 잠시 눈을 감았다. 그 짧은 시간의 평온. 내 몸이 파도에 둥둥 떠서 자유롭게 움직이는 기분. 자유 그 자체였다. 햇살이 강하게 눈을 비추지만, 자연과 하나가 된 기분. 이 얼마 만에 느껴본 황홀한 기분인지 몰랐다.

5월 말, 한낮 온도가 27도나 되어 더웠지만, 색달해수욕장 바닷물은 얼음물 그 자체였다. 그 차가운 물 속에서 신나게 놀고 나왔더니 물 밖이 더 추웠다. 그래도 괜찮다. 여긴 모래찜질하는 곳이 있기 때문이다. 물 밖에 나오자마자 달려간 모래 언덕. 덜덜덜 추운 몸을 그 뜨거운 모래 속에 파묻었더니 몸이 사르르 녹았다. 바다 위에 둥둥 떠 있는 자유로운 기분도 좋았지만, 추운 몸을 따뜻하게 감싸는 모래의 따뜻함이 아늑했다. 마치 온탕 속에 있는 것처럼 몸이 나른해지고 정신이 몽롱해지더니 나도 모르게 잠이 들 정도였다.

색달해수욕장 모래 언덕.
추운 몸을 뜨거운 모래 속에 파묻었더니 몸이 사르르 녹았다.

중문 사는 친구네 가족과도 자주 색달해수욕장을 찾았다. 친구들 내외도 반가웠지만, 더 반가운 것은 친구 아들딸이었다. 놀아주는 언니 오빠가 오니 우리 아들딸은 더는 나를 찾지 않았다. 내 마음에 평화가 찾아오자 비로소 색달해수욕장이 진짜 휴양지로 보였다. 아이들을 바다에 보내놓고 여유롭게 친구들과 이야기를 나누니, 마음 부자가 따로 없었다. 닭도 뜯어가며 7월의 제주 바다와 하늘을 마음껏 눈에 넣었다. 물에서 한참을 놀았더니 아이들이 배가 고파 달려왔다. 김에 멸치와 밥을 싸서 주니 게 눈 감추듯 식사를 해치웠다. 그리고 물놀이 하다 먹은 따뜻한 라면 국물은 아이들의 영혼을 달래줬다. 그 힘으로 다 같이 물속에 풍덩 빠져 파도와 즐겁게 놀았다.

해수욕장에서 노는 건 좋기는 한데 문제는 모래였다. 뒤치다꺼리가 장난 아니었다. 화장실 바닥에 모래가 한가득했다. 아들딸 머릿밑에서도 모래가 가득 보였다. 샴푸질로 빡빡 소리까지 내가며 머리를 감겼지만, 모래가 잘 떨어지지 않았다. 튜브에 묻은 모래, 옷에 묻은 모래, 물안경에 묻은 모래, 모자에 묻은 모래를 털었더니 욕조 바닥에 모래가 쌓였다. 심지어 수영복을 분명 씻고 말렸는데도 그 사이로 들어가서 보이지 않던 가는 모래가 방바닥에 떨어져 바닥이 며칠 동안 버석거렸다.

지나고 나니 제주의 여름은 색달해수욕장의 모래와 물속에서 논 기억이 가장 컸다. 비록 해수욕장 물놀이는 준비할 게 많았고 정리할 게 참 많은 일이었지만 말이다. 확실한 건 힘들게 준비했던 일들은 자연히 잊히고 좋은 기억들만 우리네 기억 속에 분명 남을 것이다.

04

수국

꽃도 활짝! 웃음꽃도 활짝!

수국을 떠올리면 부산에 살 때 영도 수국 축제가 생각난다. 한번 가 보고 싶었지만 '사람 많은 데 가서 뭐 할끼고, 차한테 치이고 사람한테 치일 텐데, 꽃이 이뻐 봐야 얼마나 이쁠끼고.' 하는 생각으로 수국 축제는 근처에도 안 갔다. 그렇게 수국과는 인연이 없을 줄 알았는데 하필이면 제주 1년 살이 하러 온 제주집 근처에 수국이 가득했다.

이사 와서 산책하다 처음 본 2월의 수국은 줄기 끝이 까맣게 변해서 죽어있는 듯 보였다. 참 안쓰럽게 느껴졌었다. 그러나 날이 따뜻해지더니 그 까만 줄기 끝에서 연둣빛 생명이 뚫고 나오며 잎이 자라고 꽃봉오리가 자리 잡았다. 새순이 나기 위해서는 또 한 번 죽어야 한다는 생명의 신비를 제대로 경험한 순간이었다. 그렇게 수국은 3개월의 기나긴 시간

동안 무리하지 않았다. 남이 알아주지 않아도 아주 천천히 자기 일을 묵묵하게 수행하며 수없이 많은 꽃망울을 맺었다. '자연은 기다릴 줄 안다. 그 기다림 안에는 성장에 대한 믿음과 뜨거운 사랑이 담겨 있다.'라는 어느 책에서의 글이 생각났다.

새순이 나기 위해서는 또 한 번 죽어야 한다.
수국은 3개월의 기나긴 시간 동안 무리하지 않았다.

5월이 되더니 수국 꽃망울이 하나씩 펴서는 어느새 빨간색 보라색 파란색으로 동홍천을 아름답게 수놓았다. 새카만 죽은 줄기에서 새잎이 나오는 과정과 꽃을 피우는 신비를 봤더니 수국에 정이 안 들래야 안 들 수가 없었다. 가까이서도 보고 만져도 보고 냄새도 맡아보고 사진도 찍다 보니 어느새 수국 사랑에 흠뻑 빠져버렸다. 수국을 자세히 보고 있으면 꽃 한 송이 한 송이가 한가득 모여 이룬 꽃다발 같다. 토양 성분에 따라 색깔이 달라지는 수국꽃, 그런 수국꽃을 보고 있자 어여쁜 신부가 꽃다발을 한 아름씩 들고 인생을 시작하는 모습 같아 산책하는 내내 마음이 설렜다. 매일 이렇게 아름다운 수국꽃을 산책길에 보니 따로 수국 축제를 보러 필요가 있겠나 싶었다.

하지만 딱 한 군데, 『서귀포 봄』 책자에서 봤던 기와집과 수국꽃의 조화가 환상이었던 '혼인지'는 꼭 가 보고 싶었다. 얼마나 예쁘길래 책자에 나와서 나의 마음을 뒤흔드는지 직접 가서 확인하고 싶었다. 부산에서 수국 축제는 못 갔지만, 제주에서만큼은 제대로 수국 축제를 즐기고 싶었다.

가랑비가 한 방울씩 떨어지는 6월 중순의 아침, 아내와 나는 201번 버스를 타고 혼인지에 도착했다. 버스에서 조금씩 내리던 비가 도착했을 때는 더 굵어졌다. 우산이 없어 바람막이로 비를 애써 막아보았지만, 옷과 신발이 금세 젖어 마음마저 축축이 젖어버렸다. 날씨도 추운 데다 비까지 맞은 탓에 몸이 더 추웠다. 햇볕 쨍쨍한 맑은 날씨 두고 하필 비 오고 바람 불고 추운 날씨에 와서 아내에게 미안했다. 비 오는 날씨에도 수국 보러 오는 사람들이 꽤 많은 걸 보니 평소 맑은 날엔 얼마나 많은 사람이 올지 상상이 갔다.

비가 다행히 잦아들었다. 파란 수국을 보자 내 마음이 갑자기 바빠졌다. 비옷을 입고 우산을 쓴 사람들 역시 파아란 수국들에 취해 발걸음이 빨라지더니 수국 명당 자리를 찾아 연신 카메라 셔터를 터트렸다.

'찰칵!'
'찰칵!'
'찰칵!'

핸드폰 사진 찍는 소리가 내 귓가를 강타했다. 이건 뭐 칸 영화제 레드카펫을 방불케 할 정도였다. 수국꽃의 아름다움에 다들 매료됐다.

"다들 웃음꽃이 폈네요. 수국꽃만 핀 게 아니고."

아름다운 꽃을 보고 도대체 누가 웃지 않을 수 있겠는가! 행복해하는 사람들의 웃음을 보고는 내 입에서 나온 말이 시가 되어버렸다. 예쁘게

옷을 입고 사진 찍는 연인들, 고급 카메라를 들고 멋진 풍경을 담는 사진사들, 하하하 호호호 정겹게 웃는 단체 관광객들. 그 사람들의 분주함에 혼인지가 들썩들썩했다.

파란 수국꽃에
사람들도 웃음꽃이 활짝 피었다.

혼인지 수국은 제주 수국꽃의 하이라이트였다. 아무리 집 근처 수국이 아름답고, 제주 길가 곳곳에 핀 수국이 예쁘더라도 여기 비할 곳은 아니다. 5, 6월이 아니면 볼 수 없는 환상 수국 장소인 혼인지를 꼭 찾길 바란다. 입장료도 무료고 수국 사진 찍는 포인트가 정말 많다.

이제야 부산에 살 때 왜 그렇게 많은 사람이 수국 축제에 가는지 알았다. 꽃이 이뻐 봐야 얼마나 예쁘냐고? 상상할 수 없을 정도로 예쁘다. 모여서 피어 있는 수국꽃이 너어어어무 예쁘다. 수국꽃처럼 여러분의 인생꽃도 팡팡팡 활짝 피길 기대해 본다.

05

지미봉

여행은 시작이 좋아야 한다

직업이 교사라 수업을 참 많이 했다. 대개 수업 시작이 좋으면 그 수업은 성공할 확률이 매우 높다. 긴 40분의 첫 시작부터 아이들이 흥미 있게 참여하니 그 이후도 즐겁게 수업을 한다. 그렇다면 여행도 수업처럼 시작이 중요할까?

오늘의 제주 여행은 올레길 21코스다. 버스를 타면서 아내가 먹고 싶은 빵이 시작 지점에 있다고 했다. 버스에서 내려 먹고 싶었던 빵집이 열려 있는 걸 확인하고는 아내가 싱긋 웃었다. '제주엔우영베이커리카페'에서 먹고 싶은 팥빵 하나를 사서는 한입 가득 먹고, 커피 한 모금 마시더니 아내가 웃으며 말했다.

"여기, 빵 너무 맛있는데. 커피도 맛있고! 시작부터 너무 기분이 좋다."

나도 덩달아 한입 베어 먹었는데 구수한 팥 향이 입안에 쫙 퍼졌다. 맛있는 팥빵에 힘이 났다. 시작부터 즐겁게 걸을 수 있을 것 같았다. 그러고 보니 모닝 팥빵처럼, 모닝커피처럼 여행도 수업처럼 시작이 중요한 모양이다.

모닝 팥빵처럼, 모닝커피처럼
여행도 수업처럼 시작이 중요하다.

'오랜만에 걷는 올레길이라서 그런가? 왜 이렇게 좋지?'

올레길 시작부터 맛있게 사 먹은 빵과 커피가 컸다. 그 여운이 길을 걷는 내내 영향을 미쳐 기분을 좋게 했다. 단팥빵도 먹고 커피도 마시고 거기에 예쁜 세화 해변까지 봤더니 아내가 연신 감탄했다. 아내는 나를 앞질러 발에 모터를 단 것처럼 룰루랄라 뛰어가듯 걸어갔다.

저기 보이는 저 오름이
얼추 올레길 21코스 마지막 목적지다.

별방진을 지나, 토끼섬을 지나 하도해수욕장에 다다랐다. 그리고 저 멀리 산이 하나 우뚝 솟아 보였다. 아내가 "저 멀리 보이는 저 높은 산 우리가 가는 거야?"라며 걱정을 하길래 확인했더니 맞다. '지미봉'이라고 적힌 저 오름이 얼추 올레길 21코스 마지막 목적지다.

고생하며 근근이 걸었던 '고근산' 모양이랑 비슷해 왠지 힘들 것 같았다. 끝없는 계단이 하늘로 이어졌던 '녹고메오름' 모양이랑도 비슷해 역시나 힘들 느낌이었다. 하지만 이내 생각을 바꿨다. 시작도 좋았으니 왠지 지미봉 역시 좋은 기운이 계속 이어질 것만 같았다. 아내가 주워 준 산신령 지팡이에 혼을 실어 계단과 오르막을 오르고 또 올랐다.

'태산이 높다 하되 하늘 아래 뫼이로다.

오르고 또 오르면 못 오를 리 없건마는

사람이 제 아니 오르고 뫼만 높다 하더라.'

얼마나 힘들면 고등학교 국어 시간에 배웠던 시구절이 갑자기 생각났을까? 그래, 오르고 또 오르면 이 지미봉도 못 오를 리 없다. 제아무리 높게 보이는 산이라도 쉬지 않고 꾸준히만 오르면 오를 수 있다. 내 마음이 '아이고! 힘들어서 못 오르겠다.'라고 마음먹으면 못 가는 것이지, 할 수만 있다고 마음먹으면 한라산이든 에베레스트산이든 언젠가는 오르고만다. 이 지미봉도 금방 오를 수 있다. 그렇게 좋은 쪽으로 마음을 잡으며 올랐다.

그렇게 헉헉거리며 오른 정상이 대박 중의 대박, 완전히 로또 맞은 줄 알았다. 좋을지 대충 예상은 했지만 이렇게 좋을지는 상상을 못 했다. 눈 앞에 펼쳐진 바다와 우도, 성산에 입이 떡 벌어지고 넋을 잃어버렸다.

지미봉 정상. 제주를 온몸으로 느끼고 싶다면
힘들어도 올라야 한다.

군산 오름에서 봤던 360도 파노라마 뷰가 여기에도 펼쳐졌다. 지금껏 올랐던 어느 오름의 풍경을 다 넘어섰다. 이름도 낯설었던 '지미봉'에서 뜻밖의 초울트라 슈퍼 풍경에 너무 취해버렸다.

역시나 멋진 풍경 값은 또 해야 하는 게 삶의 이치다. 내려가는 계단이 상상 초월이다.

"제주에서 최고의 멋진 경관을 봤으니까, 내리막의 수고쯤이야 해줘야 안 되겠나? 힘들긴 진짜 힘드네! 헉헉헉."

아내가 준 산신령 지팡이가 없었다면 내 무릎이 너덜너덜해졌을 정도로 경사가 가팔랐다. 올라오는 사람들 입에서도 거친 숨소리가 생생하게 들렸다.

시작이 좋았는데 끝도 좋으면 더 좋다. 그래야 그 여운이 오래간다. 식당에서 맛있는 밥을 먹고 기대하지도 않았던 뜨뜻한 숭늉을 먹을 때처럼 말이다. 그 구수한 숭늉이 내 몸을 여유 있게 마무리 지어줬기에 그 식당이 계속 생각났다. 최근에 후식으로 먹었던 귤은 또 어떤가? 귤 향이 향긋하게 입안과 영혼을 가득 채워줬기에 그 식당이 오래도록 떠올랐다.

그래서였을까? 오늘 여행도 마무리를 잘하고 싶었다. 지미봉을 힘겹게 오르내리면서 봤던 광고 문구 '시원한 음료가 생각나세요?-무인카페'로 가 쉬면서 여정을 마무리하기로 했다.

무인카페에 도착하자마자 시원한 포카리스웨트를 뽑아 벌컥벌컥 마셨다. 아내도 시원한 달달이 커피를 시켜 쭉쭉 마셨다. 오늘 고생했던 영혼이 시원한 음료와 커피에 치유되는 느낌이었다. 핸드폰 충전도 잠시 하고, 화장실도 다녀오고, 잠깐 잘 쉬었더니 어느새 몸과 마음이 충전되었다. 주인은 없었지만, 주인의 따뜻한 마음을 느낀 무인카페였다. 그 마음을 포스트잇에 남기고 돌아섰다.

"사장님, 감사합니다. 목이 많이 말랐는데 시원한 음료를 마시고 힘이 납니다. 화장실도 가고, 핸드폰 충전도 하고, 마음의 여유를 얻고 갑니다. 시작부터 좋았던 여행을 여기에서 깔끔하게 마무리합니다. 정말 고맙습니다."

기대하지도 않았는데 시작부터 끝까지 안 좋은 게 하나도 없었던 하루였다. 여행은 시작이 좋아야 하고, 또 끝도 좋아야 함을 느낀 시간이었다.

06

사려니숲길
부모님 모시고 오고 싶은 숲길

"야! 여긴 진짜 부모님 모시고 와도 되겠다."

"좋제?"

"어. 어르신들 영실코스 같은 계단 많은 곳은 이젠 힘들어서 못 간다. 근데 여기 너무 좋은데."

"나도 여기가 이렇게 아름다운 길인지 다시 알았다."

"진짜 종일 날 잡고 부모님 모시고, 천천히 자연을 즐기면서 그동안 못 다 한 이야기 나누면 진짜 좋을 것 같다. 우리나라에 이런 길이 있었나 싶을 정돈데. 아무리 생각해 봐도 떠오르지 않는데….”

"여기 우리나라 아니야. 탐라국이야."

"하하하. 맞네, 맞아!"

'서귀포농협 중앙지점'에 차를 주차하고, 281번 버스를 탔다. 꼬불꼬불 한라산 산길을 지나, 성판악 버스정류장 다음 코스인 '교래입구'에 내렸다. 왼쪽으로 비자림로가 시원하게 펼쳐져 있고, '비자림로 교래입구' 버스정류장 옆으로 조그마한 숲길 입구가 보였다. 일명 한라산 둘레길 6구간 사려니숲길 입구다. 이 길을 쭉 따라서 3시간 정도 걸으면 우리가 흔히 아는 '남조로 사려니숲길 입구'까지 이어진다. 한마디로 사려니숲길을 거꾸로 걷는 셈이다. 주차를 할 수 없으니 대중교통을 이용해야 하는 단점이 있긴 하다.

쌀쌀했던 3월의 봄날에 걸었던 이 길을 여름날 중문 친구 내외와 다시 찾았다. 아내가 마음에 쏙 들어 했던 길이라 몇 번이나 아내가 다시 가자고 했던 길이다. 3월에 처음 갔을 때는 배도 고프고, 날씨도 춥고, 길도 모르겠고, 뭔가 준비되지 않은 여행이었다. 하지만 친구 내외와 가는 지금은 김밥도 준비했고, 날씨도 따뜻하고, 길도 알고, 모든 게 준비되어 마음이 편안했다. 100일이라는 긴 시간이 지나서 다시 왔더니, 풀잎과 나뭇잎이 많이 자라 정말 초록 세상이 되어버렸다.

사려니숲길. 초록 나무 세상에 들어오니
순식간에 몸과 마음이 정화됐다.

　차와 도로, 건물과 사람이 많은 인간 세상에서 초록 나무 세상에 들어

오니, 순식간에 몸과 마음이 정화됐다. 내가 나무가 되는 신비한 경험이

었다.

　'그때 그 길 맞아? 이 길 왜 이렇게 예쁘지?'

　걸으면서 이 생각밖에 들지 않았다. 10분 정도 걸으니 쉼터가 나오고,

지도를 보고 갈 길을 확인했다.

　"우리가 있는 곳이 빨간색 점이네. 빨간색 길 80분, 노란색 길 90분, 합

쳐서 3시간 정도 걸어야 남조로 사려니숲길 입구로 가지네."

"그럼 슬슬 가 볼까?"

그렇게 해서 시작한 숲길 걷기. 시작이 또 너무 좋다.

"야, 여기에 서 봐봐. 죽여준다."

"포즈도 연애 때처럼 한 번 해봐."

(말 떨어지기가 무섭게 진짜 친구가 부인을 덥석 끌어안았다.)

"하하하. 찰칵!"

"너희도 한번 해 봐봐."

(아내랑 손잡고 초록 숲속을 배경으로 마주 봤다.)

"뭔가 어색한데…. 하하하. 찰칵!"

사람이 아무도 없어서 망정이지 누가 있었다면 절대 하지 않았을 연애 시절 포즈를 친구 앞에서 서로 취했다. 다시 생각해 봐도 부끄럽다. 어쨌든 이 길은 죽어 있던 연애 세포를 깨울 만큼 아름다웠다. 초록 나뭇잎 사이로 끝없이 펼쳐진 붉은 길, 그 길 한가운데 서서 마주 보고 손도 잡고, 안아가며, 그렇게 제주의 허파 속에서 하하하 웃으며 잊을 수 없는 추억의 한 장면을 담았다.

7월, 밖은 찜통더위지만 여기는 자연이 만들어 준 숲속 그늘 세상이라 시원하다. 나무가 선물해주는 자연 그늘의 소중함을 새삼 느낀다. 그 나무들 덕분에 이 찬란한 초록 세상을 걸을 수 있다. 나무들 하나하나가 다 고맙다. 남의 이목에 너무 신경 쓰지 말고, 나의 일에 최선을 다하고 즐기면 된다고 나무가 알려준다. 그리고 한 번씩 '스르르륵 스르르륵' 나뭇잎을 타고 물결 바람이 인다. 나도 모르게 발걸음을 멈추고 두 눈을 감고는 바람 소리를 느껴본다. 바람이 지친 몸과 마음을 '스르르륵 스르르륵' 보듬어 준다.

길이 예쁘니 절로 이야기 샘이 솟는다. 친구랑 같은 고3 교실에 있어서 그런지 재미났던 이야기들이 마구마구 생각난다. 친구의 풋풋한 사랑 얘기에 친구와 나는 '푸하하하하.', '크크크크.' 거리며 이 숲속에서 마음껏 웃고 떠든다. 큰 소리로 웃고 떠들어도 누가 뭐라고 할 사람이 없으니 이보다 좋은 숲속 수다방이 어디 있으랴!

자연은 문득문득 우리를 깜짝 놀라게 한다. 길가에 핀 빛나는 파란 산수국과 하늘 높이 솟은 삼나무들이 신비스럽다. 그 숲 사이로 초록색 고사리 잎들이 끝도 없이 펼쳐져 있는 장관을 마주한다.
"야! 여기 유니콘 나오는 거 아니야?"
친구가 장난으로 한 말인데 유니콘이 나와도 이상하지 않을 것 같았다. 친구와 둘이 유니콘이 어디 있나 한참을 찾았다.

온종일 숲길을 걸으며
이야기를 나누고 싶다면 사려니숲길을 걷자.

친구랑 걷다, 아내랑 걷다, 그러다 넷이서 걷다, 이 초록 숲속 그늘 길을 걷고 또 걸었다. 아무것도 안 하고, 이렇게 걷는 일에만 몰입하는 게 그저 좋다. 이렇게 오래 걸은 기억은 시간이 지날수록 더 선명해진다. 하루에 여러 계획을 세워서 여기 가고, 저기 가는 수학여행식 여행은 별로다. 지나고 보면 그런 여행은 바쁘고 피곤했던 기억만 남는다. 마음 놓고 여유로워지려고 여행을 왔는데, 되려 일정에 쫓겨 시간에 쫓겨 여행이 여행이 아닌 게 된다. 하루에 한 곳, 마음 놓고 놀기. 그곳에 푹 빠지기. 그게 여행의 백미 아닌가!

예상보다 1시간이나 일찍 남조로 사려니 입구에 도착했다.
"우리 제주도 온 뒤로 올레길 많이 걸어서 체력이 올라가 그런 거 아니야?"
아내가 깜짝 놀라서 말했다. 아내 말도 맞지만, 내 생각엔 김밥도 먹고 좋은 풍경에 좋은 사람과 좋은 얘기를 나눠서 그런 것 같다.

여기 사려니숲길은 친구가 걸으며 했던 말처럼 어머님 모시고 오고 싶은 길이다. 온종일 도란도란 이야기꽃을 피우며 어머님께 못 들은 어릴 적 내 얘기를 잔뜩 듣고 싶은 길이다. 그런데 하필 왜 어머니가 생각났을까? 곰곰이 생각해 보니 제주 숲길은 마치 언제 와도 나를 포근히 안아주는 어머니 품 같다. 어려운 일이 있어도 제주 숲은 곧 해결될 거라고 톡

톡톡 등을 다독여 주고 부드럽게 등을 쓰다듬어 주는 어머니 같다. 그래서 지금껏 숲길에 들어서면 마음이 편안해져 나도 모르게 어머니가 생각났는지도 모른다.

집 밖을 나서기만 하면 보물을 만난 듯 설레는 제주 길. 오늘도 잊을 수 없는 보물 하나를 마음에 고이 간직하고 왔다. 버스 타고 오는 게 조금 번거롭긴 하지만, 부모님 모시고 4~5시간 정도 온종일 걷기엔 사려니숲 길이 제주 최고 힐링 장소가 아닐까 생각해 본다.

07

스누피 가든

인생 사진 찍는 곳이 여기 있다고?

여름 방학에 조카가 제주집에 한 달 살이하러 왔다. 달력에 스누피 가든 가는 날이라고 동그라미를 치고는 3주 동안 눈이 빠지게 기다렸다. 하루는 궁금해서 조카에게 물었다.

"왜 여길 꼭 가야 해?"

"인생 사진 찍는 곳이 여기에 있어요. 꼭 가서 사진을 찍어야 해요."

인생 사진 하나 때문에 가고 싶다는 조카의 마음이 참 순수하고 예뻤다.

그러고 보니 SNS에서 인생 사진 찍기가 열풍이었다. 지나고 나면 남는 건 사진밖에 없다고 다들 멋진 곳에서 멋진 사진을 찍으며 추억을 남겼다. 우리 조카도 그런 추억을 남기고 싶은지 스누피 가든을 무척이나 가고 싶어 했다. 드디어 기다리고 기다렸던 스누피 가든 가는 날이 찾아왔다. 스누피 그림이 있는 윗옷으로 입은 조카의 센스가 끝내줬다.

스누피 가든 박물관에 들어서자마자 보이는 대형 스누피 그림과 문구
가 무엇보다 인상적이었다.

'오늘을 살라.'
'어제에서 배워라.'
'오후엔 쉬어라.'

세 가지 문구가 꼭 나한테 말하고 있는 것 같았다. 특히 스누피랑 우드
스탁이 누워 있는 '오후에는 쉬어라.' 장면이 눈에 쏙 들어왔다. 아이들
없이 아무것도 안 하고 스누피처럼 혼자서 가만히 누워 있고 싶어졌다.
하하하.

마음에 드는 만화도 두 개 찾았다. 그 첫 번째가 바로 「변화가 필요해」
라는 네 컷 만화다. 스누피가 무슨 변화가 필요할까 궁금해 보는데 웃음
이 절로 났다. 내가 크크크 거리며 웃는데 아내도 뒤따라 웃었다. 네 컷
만화 내용이다.

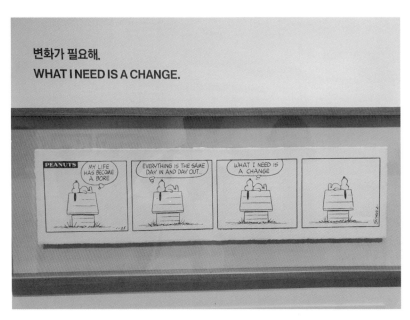

변화가 필요해.
WHAT I NEED IS A CHANGE.

스누피가 무슨 변화가 필요할까 궁금해 보는데
웃음이 절로 났다.

1) 삶이 지겹고

2) 매일 똑같고

3) 내가 필요한 건 변화야.

그러면서 네 번째 그림이 아주 대반전이다.

4) 스누피가 누워 있는 자리를 바꿔 누웠다.

다시 봐도 웃음이 난다. 누구나 엄청난 큰 변화를 원하지만 정작 필요한 변화는 나한테서 시작하는 아주 작은 변화다. 누워 있는 자리를 바꾼 스누피의 재치에, 예전에 읽었던 책 속 묘비문의 문구가 떠올랐다. 세상을 바꾸려고 노력했지만 죽음에 이르러서야 비로소 자신을 바꾸기가 제일 중요했음을 깨닫는 이야기.

두 번째 〈해가 지는 걸 보면….〉이라는 만화도 좋았다. 개인적으로 해지는 풍경을 좋아해서 자연스레 눈길이 갔다. 찰리가 "해가 질 때 항상 뭔가 슬퍼지는 이유를 잘 모르겠다."라고 말한다. 뒤이어 스누피가 해지는 풍경을 바라보며 말한다.

"마지막 쿠키를 먹었을 때처럼 말이야."

아끼고 아꼈던 마지막 과자 하나를 먹고 난 뒤의 그 허전함이 바로 해가 질 때의 느낌이라니 기가 막혔다. 인생의 허무함과 쓸쓸함을 마지막 먹은 쿠키에 비유하다니. 단순하지만 가슴에 팍 와닿았다.

실내 구경이 끝이 나서 이제는 집에 가는 건가 싶었는데 이제야 본격적으로 시작이었다. 스누피 가든이라는 이름처럼 정말 야외에 정원이 펼쳐져 있었다. 다양하고 아기자기한 스누피 캐릭터 정원들이 주제에 맞게 쫙 있는데 사진 찍는 맛이 일품이었다. 그제야 5만 원이라는 거금이 하나도 아깝지 않았다. 가족들끼리 연인들끼리 인생 사진을 남기는 모습을 보고 있으니 행복했다. 여름이라 더웠지만 사진 찍으러 돌아다니는 재미에 아주 자유로웠다. 아이들도 공부가 끝나고 쉬는 시간이 찾아온 것처럼 신나서 이곳저곳을 뛰어다녔다.

"여기가 인생 사진 찍는 곳이에요. 2시간 기다려야 하는 곳이래요. 얼른 오세요."

갑자기 조카가 어디를 혼자서 막 뛰어가면서 소리쳤다. 2시간이라는 소리에 마음이 바빠졌다. 아이들 두 손 잡고 급하게 조카 뒤를 따라 달려갔다. 바로 그때, 연못 근처에 나루터와 스누피가 보였다. 여기가 바로 실내에서 인상 깊게 봤던 해지는 풍경 속 만화를 재현한 곳이고, 바로 인생 사진 찍는 장소였다. 다행히 몇 사람 없어서 5분도 안 기다려 사진을 찍었다.

조카 덕분에 스누피와 함께
인생 사진을 남겼다.

　친구들에게 자랑할 만한 조카의 인생 사진을 찍어줬다. 조카 덕에 나도 아내도 우리 아들딸도 인생 사진 하나씩 건졌다. 인생 사진 찍으러 여기 가자며 달력에다 동그라미 치고 기다린 조카가 왜 그렇게 목이 빠지라 기다렸는지 단박에 이해가 되었다. 찰리가 마지막 쿠키를 먹을 때의 쓸쓸함이, 아름다운 제주에 자주 갈 수 없을 거라는 쓸쓸함이 사진을 볼수록 밀려왔다.

　조카의 버킷리스트를 들어줘서 기뻤고, 나도 조카 덕에 인생 사진을 남겨서 기뻤다. 스누피를 이해하기 위해, 인생을 좀 더 이해하기 위해, 스누피 만화를 좀 더 봐야겠다고 생각한 시간이었다. 아! 맞다. 제일 중요한 교훈인 '오후엔 쉬어라.'를 잊을 뻔했다. 일 다 끝내고 오후엔 무조건 스누피처럼 10분이라도 누워 푹 쉬는 거다. 나이가 드니 중간중간 무조건 쉬어야 힘이 나는 건 어쩔 수 없다.

오후엔 무조건 스누피처럼 10분이라도 푹 쉬자.

08

도서관
서귀포 도서관들은 뭔가 특별하다

제주집을 구할 때 유치원, 마트, 병원도 중요했지만, 제일 신경 썼던 것 중의 하나가 바로 '도서관'이었다. 도서관은 무조건 집과 가까이 있어야 한다는 대원칙이 아내에게 있었다. 아내의 집 고르는 꼼꼼함 덕분에 제주집에서 걸어서 3분이면 갈 수 있는 도서관이 생겼다. 그 도서관 이름이 바로 '서귀포 도서관'이다.

도서관이 집과 가까이 있으니 주말에 특별히 할 일이 없어도 자연스럽게 발길이 향했다. 평일에도 아이들 유치원 하원 후 마땅히 갈 곳이 없으면 무조건 도서관으로 갔고, 저녁밥 먹을 때까지 아이들이랑 도서관에서 시간을 보냈다.

서귀포 도서관. 제주집에서 걸어서
3분이면 갈 수 있는 도서관이 생겼다.

도서관이 집 옆에 있는 게 뭐 큰일이라고 생각할 수 있겠지만, 살아보니 온 가족이 책 읽는 가족 문화가 만들어지는 계기가 되었다. 한여름엔 시원한 호캉스 저리 가라 할 정도의 최고의 북캉소 장소가 되는 건 덤이었다. 제주의 습하고 무더운 여름이 찾아와도 우리 가족 넷이 에어컨 빵빵하게 나오는 시원한 도서관에서 피서를 보내며 지냈다. 시원한 도서관에서 마음껏 책을 읽다가 시간이 다 되면, 보고 싶은 책들을 카트에 가득 실어 집으로 돌아왔다.

그런데 문제가 하나 있었다. 딸은 원래 책을 좋아했지만, 아들은 전혀 아니었다. 누나 따라 억지로 도서관에 왔기는 왔는데, 도서관에 있는 것 자체가 아들에게 큰 곤욕이었다. 책에는 아무런 관심이 없고 이곳저곳 기웃거리는 게 다였다. 재미있는 책이라고 꼬셔 유아 코너 방바닥에 아들을 눕혀 두어 권 읽어주는 게 다였다. 그러고 나면 사정없이 내 손을 붙잡고 도서관 밖으로 나가자고 떼를 썼다. 하루는 왜 그렇게 도서관이 싫냐고 아들에게 물었더니 이랬다.

"도서관 싫어요. 뛰어다닐 수도 없고, 큰 소리로 말할 수 없고, 놀 수도 없잖아요. 그래서 싫어요. 얼른 나가서 놀아요!"

아들 말이 일리가 있어 아무 소리를 못 했다. 그렇게 아들 마음을 이해한 뒤부터 손을 잡고 밖으로 나가서 솔방울 던지기 놀이도 하고, 운동 기구 타기도 하면서 책 읽기는 포기하고 도서관 주변을 맴돌았었다.

그런데 서당 개 삼 년이면 풍월을 읊는다더니 여름 내내 도서관에 아들을 데리고 왔더니 어느 순간 아들이 책을 읽기 시작했다. 자세히 보니 누나가 다 읽은 학습 만화책을 다시 펼쳐서 그림 위주로 빨리 넘겼다. 그렇게 몇 달을 도서관에서 보내자 아들은 자기가 좋아하는 퀴즈 코너, 곤충 코너 등을 이곳저곳 기웃거리며 한 시간은 혼자서 학습만화를 읽게 되었다.

내가 좋아했던 서귀포 도서관 옆 소나무 숲.
솔방울 놀이하며 아들과 이곳에서 자주 놀았다.

"책 읽어라!"라고 한 번도 하지 않았는데 자연스럽게 도서관을 좋아하게 된 아들을 보니 싫어해도 자주 보고 자주 가게 되면 좋아지게 된다는 걸 알게 되었다. 지금은 그 영향으로 어느 도서관에 가도 한두 시간은 거뜬히 책을 보는 아들이 되었다. 아들이 책과 도서관을 좋아하게 된 것만으로 제주 1년 살이는 성공했다고 할 수 있겠다.

똑같은 도서관만 이용하면 재미가 없는 법, 집 근처에 다른 도서관이 있는지 검색했더니 차로 5분 거리에 도서관이 두 개나 있었다. 하나는 '서귀포 기적의 도서관'이고, 나머지 하나는 '삼매봉 도서관'이다. 집 근처에 도서관이 두 개나 더 생겼으니, 아이들이 가고 싶은 도서관을 고르기 시작했다. 고르는 재미에 도서관 가는 게 더 재미있어졌다.

　서귀포 기적의 도서관은 도서관 모양이 둥근 모양이라 좀 특이했다. 도서관 안에서 책을 읽다가 좀 답답하면 한 바퀴 빙글 돌아다니는 재미가 있었다. 삼매봉 도서관도 좋았다. 맑은 날엔 도서관 밖에서 바라보는 한라산이 얼마나 예쁜지 몰랐다. 그뿐만 아니라 배가 고프면 도서관 바로 앞에 '삼매봉 153'이라는 도서관 식당이 있어 편했다. 여기 돈가스와 백짬뽕 맛이 일품이고 가격까지 저렴해 도서관 이용할 때면 항상 이용했었다.

서귀포는 자연만 좋은 줄 알았는데 도서관이 많아서 더 좋았다.

제주에서 이렇게 많은 도서관을 내 집 안방처럼 자유롭게 이용하다 부산에 오니 숨이 덜컥 막혔다. 부산집에서 가장 가까운 도서관은 주차장이 너무 협소했다. 주말에 여유를 부리다 늦게 가면 주차한다고 평균 20분은 잡아야 했다. 기다리다가 도서관 가기 전에 이미 마음이 지쳐 집으로 돌아가고 싶었다. 게다가 주차를 힘들게나 했는데 주차비도 따로 내야 하니 기분이 좋을 리가 없었다. 조용한 서귀포 도서관을 이용하다가 이용 고객이 많은 도시 도서관을 이용하자 사람들 지나다니는 소리와 아이들 소리에도 적응이 되지 않았다.

서귀포는 자연만 좋은 줄 알았는데 도서관이 많아서 더 좋았다. 늘 동네 주변에 쉽게 주차하고 편안한 환경 속에서 책을 읽을 수 있는 서귀포의 도서관 하나하나가 정말 소중하게 느껴진다.

제주살이하면서 제대로 느꼈다. 도서관은 무조건 집 가까이 있는 게 최고라는 걸. 다음 이사는 무조건 도서관 근처 1분 거리에 있는 집으로 해야겠다.

삼매봉 도서관.
이곳에서 바라보는 한라산이 참 운치 있었다.

09

신화워터파크
어른들이여 웃으며 마음껏 놀아라

처형이 중1, 초5 조카 둘을 데리고 여름 방학에 제주 집에 놀러 왔다. 조카들에게 제주에서 뭐 하고 싶냐고 물었더니 1순위가 '신화워터파크'라고 했다. 워터파크라? 그런 게 있는 줄도 몰랐는데 알아보니 가격도 비싸고 우리 아이들은 어려서 아직 무리일 것 같았다. 속으로 워터파크가 거기서 거기지 뭐가 그렇게 재미있어서 그러나 싶었다. '난 조용한 제주 숲길이 훨씬 좋은데. 자연을 느끼고 조용히 나를 되돌아보는 이런 숲길이 좋지. 아이들은 아직도 어려서 아무것도 몰라. 어른이 돼봐야 알지!'라고만 생각했다.

제주까지 온 조카들을 위해 아내가 소원을 들어주기로 했다. 당근 앱에서 표를 저렴하게 구매해서는 다음 날 신화월드 문이 열리자마자 처형 가족이랑 달려갔다. 태어나서 워터파크에 처음 오는 아들과 나는 두 눈이 휘둥그레졌다. 아이들만 노는 곳이라고 생각했는데 어른들이 더 신나서 놀고 있었다. 세상에나! 아이나 어른이나 세상에서 제일 행복한 웃음소리를 내며 노는 곳이 있다니 정말 오래 살고 볼 일이었다. 아들딸이 너무 어려서 아이들 챙긴다고 노는 건 아예 포기하고 살아왔는데, 처형과 아내가 아들딸을 돌봐준다고 하니, 조카 녀석들과 이곳을 마음껏 누빌 수 있게 되었다.

태어나서 워터파크에 처음 오는
아들과 나는 두 눈이 휘둥그레졌다.

조카들이랑 제일 재미있다는 물놀이 기구로 단숨에 달려갔다. '슈퍼크리퍼 코일'을 타기로 하면서 올라가는데 별의별 상상이 다 들었다. '물 미끄럼틀 타다가 중간에 있는 구멍 밖으로 내 몸이 날아가면 어떡하지? 진짜 죽는 거 아닌가?' 같은 쓸데없는 생각을……. 하지만 천만다행이었다. 맨몸으로 타는 게 아니라 미니 로켓 튜브를 타서 내려오는 거였다.

5층까지 올라오니 엄청 높았다. 고소공포증이 있는 나는 놀이기구가 무서워 조카들이 앞에 타고 나는 맨 뒤에 타자고 약속했다. 하지만, 직원이 어른인 나 보고 "저기, 어른 분은 제일 앞에 타 주세요."라고 하는 게 아닌가! 눈앞이 깜깜하고 식은땀이 흐르고 다리가 후들후들 떨렸다. 혹시나 타다가 떨어질 걱정에 직원에게 "어떻게 앉아요?", "이거 잡으면 돼요?", "다리는 어떻게 해요?"라고 연신 물었다.

안내 사항에도 다 적혀 있고, 직원이 다 설명해 주는데도 하나도 안 들렸다. 어떻게 살아남을 수 있을까? 오직 그 생각밖에 없었다. "자, 출발!"이라는 말과 함께 미니 로켓 튜브가 쑥 내려갔다. 그리고는 또 다른 세계가 펼쳐졌다.

"으악악!"
"악~악!"
"쏴아 쏴아 쏴아!(물줄기가 나오는 소리)"

마치 시속 100킬로로 움직이는 차가 사정없이 아래로 곤두박질치고, 다시 하늘 위로 날고, 다시 곤두박질치는 것 같았다. 짜릿했다. 중간중간 물줄기가 '쏴쏴쏴' 하며 쏟아지는데 물벼락 때문에 앞이 제대로 보이지도 않았다.

어른들도 한 번쯤은 아이처럼
진짜 소리 내어 놀면 좋겠다.

속도감에 무서워 끈을 꽉 잡아야 했다. 살아야 했다. 나중에는 무서워서 소리를 지르는지, 재미있어 소리를 지르는지 내가 다 헷갈렸다. 1분 채 안 되는 그 짧은 물 미끄럼틀, 처음부터 끝까지 소리를 너무 질러 목이 아팠지만, 우리는 "우와 재미있다.", "또 타자!"라고 내리면서 외쳤다.

'슈퍼크리퍼 코일'을 한 번 타 봤다고 '자이언트 더블리프'를 타 보기로 했다. 네 명이 커다란 튜브를 타고 내려가는 물놀이였다. 튜브 자체가 무거운데 조카 둘(제법 몸무게가 나간다.)과 어른 둘(난 70, 처형도 제법 나간다.)이 앉으니 무게가 엄청나게 나갔다. 직원분이 양손으로 튜브를 꽉 잡고 두 다리로는 기마 자세로 겨우 버티고 계시는데 내가 봐도 엄청 힘들어 보였다. 겁이 엄청 많은 내가 "얼마나 무서워요?"라고 했더니 "지옥을 맛보실 거예요."라며 씩 웃었다. 그러면서 직원분이 튜브 잡고 있었던 힘듦을 앙갚음이라도 하듯 웃으면서 손을 놓아 버렸다.

네 명이 앉은 튜브가 뱅글뱅글 돌면서 내려가기 시작했다. 잠시 후 가속도가 엄청나게 붙었다. 갑자기 하늘에서 땅으로 수직으로 떨어졌다. 물 바이킹이었다. '으악!' 하고 소리를 질러야 하는데 너무 무서워 소리가 입 밖으로 나오지 않았다. 심장이 밖으로 튀어나와 따로 놀았다. 이제는 진짜 죽는구나 하고 떨어지는데, 가속도가 붙은 만큼 나뭇잎 꼭대기까지 올라갔다. 그 꼭대기에 내가 있었다. "으악!" 그제야 소리가 나왔다. 다시 떨어졌다. 그렇게 두 번 나뭇잎 두 개를 오르내리더니 끝이 났다.

호된 물 바이킹 신고식을 치른 후 '자이언트 더블리프'는 근처에도 안 갔다. 대신 내가 제일 좋아했던 '슈퍼크리퍼 코일'은 네 번이나 더 탔다. 타고 싶은 사람들이 많아 기다리는 것이 지겨웠지만, 타는 1분 만은 정말 짜릿하고 웃게 만드는 신나는 놀이기구였다.

"우리 남편이 제일 신났네!"

기분 좋은 얼굴로 아내에게 왔더니 아내가 그랬다. 맞다. 내가 제일 신났다. 결혼 전에 워터파크란 곳을 한 번도 가 보지 않았다. 아이들 키운다고 7년 동안 제대로 된 물놀이장 근처도 못 가 봤다. 그런데 워터파크가 이렇게 신나는 곳일 줄이야! 학교에서 아이들이 여름 방학 계획을 세울 때, 왜 아이들이 워터파크 워터파크 하는지 그제야 알 것 같았다. 정말이지 그동안 쌓였던 스트레스가 내 웃음과 비명에 훌훌 다 날아가는 그런 곳이었다.

어른들이 더 신나서 노는 곳, 어른들의 웃음소리를 들으며 종일 내가 다 행복했던 곳. 비싼 가격을 주고 왔지만, 돈이 하나도 안 아까웠던 곳이 바로 신화워터파크였다. 조용한 제주 숲길이 제일이라고 생각한 나에게 일침을 날렸다. 한 번씩 나의 세계를 벗어날 필요가 있다고 생각한 하루였다.

삶이 지루할 때 '슈퍼크리퍼 코일'과 '자이언트 더블리프'를 탄다면 세상이 신나 보일 것이다.

한들한들 여유 있게,
가을 제주

01

범섬
좋아한다는 건 뭘까?

제주에 3년 산 친구가 하루는 "서귀포 앞바다가 은근히 매력이 있어." 라고 내게 말했다. 처음엔 그 말이 무슨 말인지 잘 몰랐는데 서귀포에 살게 되니 자연스레 알게 됐다. 범섬, 문섬, 섶섬 세 섬이 서귀포 앞바다에 덩그러니 있어 볼수록 정이 가고 매력이 철철 넘쳤다.

세 섬을 잠깐 설명하자면 범섬은 호랑이가 누워있는 모습이라고 해서 호도, 즉 범섬이고, 문섬은 모기가 많아서 한자로 모기 문자를 써서 문섬 이다. 그리고 섶섬은 숲이 많은 섬이라 숲섬 숲섬 하다가 섶섬이라고 불렸다고 한다. 화가 이중섭이 그린 그림 〈섶섬이 보이는 풍경〉 속 섶섬을 실제로 봤는데 정말 똑같이 생겨서 놀랐다.

처음에는 서귀포 앞바다에 있는 섬들이 비슷해서 이게 섶섬인가 문섬인가 헷갈렸다. 하지만, 범섬 문섬 섶섬의 앞 글자를 따서 '범문섶'으로 외웠더니 쉽게 외워졌다. 이름을 외우니 생긴 모양까지도 정확히 파악하게 되었고, 이름도 자주 불러줬더니 세 섬은 이제 자다가 물어도 말할 정도가 되었다. "저거 무슨 섬이야?"라고 아내가 물어봐도 당당하게 내 친구 소개하듯 알려준다. 세 섬 이름은 정확히 알아야 서귀포에 산다고 당당하게 말할 수 있다. 하하하.

좋아한다는 건 뭘까?
자주 본다는 거고, 궁금한 거고, 더 알고 싶다는 거다.

세 섬 다 각자의 매력이 있지만, 나의 최애는 단연코 '범섬'이다. 정한 빛 작가의 『별일 없이 살아도 별 볼 일은 많아요』 책에 자주 등장했던 섬이 바로 범섬이다. 작가처럼 저녁에 쏟아지는 별을 바라보고 캠핑카에서 일어나 차 한잔하면서 범섬을 마음껏 눈에 담고 싶어졌다. 그래서 며칠 후에 범섬을 실제 보러 가기도 했다.

범섬이 좋은 이유는 자주 보여 무엇보다 편안하다는 거다. 그리고 뭔가 신비스럽다. 보통 섬은 위가 뾰족뾰족하거나 둥그스름한데 범섬은 위가 평편한 것이 특징이다. 범섬 위에 집 한 채 멋지게 지어놓고 살면 참 좋겠단 생각을 걸으면서 수없이 했다. 아니면 살지는 못해도 범섬 소나무 아래에서 돗자리 깔고 누워있기만 해도 얼마나 행복할까 하는 상상을 볼 때마다 했다.

올레길 7코스를 걸으면 범섬이 눈앞에 계속 보인다. 계속 보면 질릴 법도 한데 전혀 질리지 않는다. 예쁘지 않은 꽃은 없듯이 예쁘지 않은 섬도 없다. 그중에 으뜸은 역시, 범섬이다. 김춘수 시인의 시 「꽃」의 구절처럼 범섬을 모르기 전에는 그냥 하나의 이름 없는 의미 없는 섬이었지만, 범섬이라고 예뻐하며 자주 불러 주었더니 나에게로 와서 범섬이라는 나만의 꽃이 되었다.

범섬이라고 예뻐하며 자주 이름을 불러 주었다.

범섬이 보이는 곳에 집을 짓고 이 풍경을 매일 본다면 얼마나 좋을까 하고 생각했던 사람들이 많았던 모양이다. 범섬 근처에 대형 숙박 건물이 지어지고 있었다. 자연은 그냥 자연으로 둘 때가 가장 아름다운데. 보는 내내 씁쓸했다.

이십 대 뉴질랜드에 워킹홀리데이를 갔던 시절, 남섬에 펭귄을 보러 갔을 때였다. 진짜 펭귄 보는 곳 하나만 달랑 있고 주변에는 식당, 호텔, 가게 등은 찾아볼 수가 없었다. 관찰하는 장소도 펭귄에게 방해가 안 되게 펭귄 사는 곳과 멀리 떨어져 있었다. 적어도 근처에 편의점 하나 있겠지 했는데 아무것도 없었던 게 엄청난 충격이었다.

그 당시 그냥 자연 그대로를 감상할 수 있게 만든 뉴질랜드 사람들의 자연 사랑이 가득 느껴졌다. 돈을 벌려고 관광지 주변에 가게며 숙박업

소를 차린 우리나라 관광지와는 너무나 달랐다. 제주도를 여행하면 할수록 이 아름다운 풍경은 우리만 누려야지, 관광객이 많으니 돈 좀 벌어야지, 하는 생각이 많이 보여 씁쓸했다. 무분별한 개발에 자연이 훼손되고 쓰레기가 넘치는 모습에 눈살이 찌푸려졌다.

범섬이 좋으니 궁금하고 더 알고 싶어졌다. 길을 걷다 검색해 보자 범섬은 문섬과 함께 이 구역 자체가 천연기념물로 지정되어 있었다. 범섬 자체가 신비스럽더니 역시 내 예상이 맞아떨어졌다. 그리고 제주도를 만들었다는 설문대할망이 한라산을 베개 삼아 누울 때 두 발로 뚫어 놓았다는 해식 쌍굴이 있다고 했다. 실제 맞나 싶어 내가 찍은 범섬 사진을 두 손으로 확대해 보자 정말 굴 두 개가 보였다. 설문대할망의 두 발은 엄청나게 컸었느냐며 혼자 피식피식 웃었다.

많은 관광객이 서귀포 앞바다의 '외돌개'를 보러 오면서 자동으로 올레길 7코스 길을 걷게 된다. 파도 소리에 해안 절경에 바다와 하늘과 구름, 이 모두가 아름다운 길이다. 이 길에 흠뻑 반한 관광객들은 기분이 좋은지 어깨동무한 채 세상에서 가장 행복한 표정을 지으며 사진을 찍는다. 이 아름다운 바다 풍경의 대미를 장식하고 있는 저 범섬. 올레길 7코스를 보면 '아! 저 평평하게 생긴 섬은 그냥 섬이 아니라 범섬이구나.'라고 꼭 기억하고 이름을 불러 주면 좋겠다.

좋아한다는 건 뭘까? 자주 본다는 거고, 궁금한 거고, 더 알고 싶다는 거다. 내가 좋아하는 제주, 그리고 서귀포. 좋은 것들로 가득 차고 넘치지만, 그중에서 범섬은 특히나 더 자주 보고 싶다. 어느 날 문득 내게 다가온 꽃 같은 범섬. 평생 기억할 거다.

유람선을 타면
범섬을 아주 가까이 볼 수 있다.

02

노을
친구가 갑자기 노을이 보고 싶다고 했다

여름에 친구 Y 녀석이 제주집에 또 놀러 왔다. 그러고는 뜬금없이 노을이 보고 싶다고 했다. 나도 제주 노을을 제대로 못 봐서 같이 가자고 했지만 왜 친구가 갑자기 노을이 보고 싶은지 궁금했다.

"왜?"
"그냥."

친구가 성질을 냈다. 사십춘기 절정에 치달은 나처럼 친구도 감성이 터지는 건 어쩔 수 없나 보다 했다. 이 녀석 그냥이라고 성질내며 말했지만, 뭔가 이유가 있을 것 같았다. 노을 보러 가는 이유도 잘 모른 채 친구가 보고 싶다고 하니까 무작정 서쪽으로 향했다.

수월봉 가는 길.
짙은 구름 떼들이 태양을 삼켜버렸다.

수월봉 도착 10분 전, 해가 이미 서쪽 바다로 떨어지기 시작했다. 짙은 구름 떼들이 서쪽 하늘을 가득 삼켜버렸다. 수월봉 도착하고 났을 땐 이미 많은 구름 속에 해가 가려서 해는 볼 수가 없었다. 부산에서 제주까지 와 노을 보고 싶다는 친구의 소원을 못 들어줘서 그게 두고두고 마음에 남았다.

세상은 뜻대로 되면 좋지만 그렇지 않다. 대신 세상이란 녀석은 놀라게 하는 걸 좋아하는 나처럼 어느 날 갑자기 뜻밖의 선물을 주기도 한다. 알 수 없기에 인생은 참으로 재미있지 않은가!

제주 노을 보는 걸 실패하고 나서는 한동안 노을 보는 건 까마득히 잊고 있었다. 그러다 하루는 중문에 사는 친구 녀석과 차귀도 배낚시 계획을 세웠다. 친구 아들이 초6 학년이라 평일 하교 시간에 맞추다 보니 오후 4시 마지막 배낚시를 하게 되었다. 대어를 낚을 기대로 갔던 선상낚시는 조그만 놀래기 손맛 보는 거로 그치고 집으로 가려고 했다.

노을이 보고 싶다는 건
어쩌면 조금씩 사라져가는 것들의 당연함을, 쓸쓸함을 아는 것이다.

그런데 바로 그 순간, 날이 어둑어둑해지더니 저 멀리 빨갛고 동그란 해가 차귀도 뒤로 떡하니 보였다. 두 달 전 부산에서 온 친구 Y 녀석과 그렇게 보고 싶었던 노을 지는 풍경이 눈앞에 펼쳐졌다. 낚시하러 왔는데 전혀 예상 못 한 노을이었다. 차귀도 일몰 풍경이 얼마나 아름다운지 지나가는 관광객들도 노을 지는 풍경에 넋을 잃고 인생 사진을 찍었다. 나도 핸드폰을 꺼내서 갯바위 아래에서 낚시하고 있는 낚시꾼과 노을, 그리고 차귀도를 담았다. 온 세상을 붉게 물들이고 있는 해가 아스라이 제 할 일을 다 하고 사라지고 있었다.

오랜만에 보는 노을이라 한동안 아무 말 없이 노을만 쳐다봤다. 세상을 소중하게 밝혀주는 저 고마운 태양을 바라보며 내게 가장 고마운 사람은 누굴까 생각하다 가족이 떠올랐다. 늘 장난치며 웃고 우는 아이들 얼굴과 가족을 위해 애쓰는 아내 얼굴이 생각났다. 해가 사라지는 모습을 보니, 나도 이 세상에서 사라지기 전에 해처럼 아름다운 모습을 남기고 싶었다. '남을 도와주고 새로운 것에 도전하며 즐겁게 건강하게 사는 거야.'라고 지는 해를 보며 나와 이야기 나눴다.

그러다 〈월터의 상상은 현실이 된다〉라는 영화 속 사진작가가 한 말이 갑자기 떠올랐다.

"어떤 때는 안 찍어. 아름다운 순간이 오면 방해하고 싶지 않아. 그냥 그 순간 속에 머물고 싶지."

그 말을 생각하며 사진 찍는 건 잠시 멈추고 오랫동안 노을을 눈에 담았다.

노을 지는 풍경을 충분히 보고 난 뒤에는 친구 녀석과 아들 그리고 나 셋이 함께 추억을 만들고 싶었다. 지나가는 한 관광객에게 사진을 찍어 달라고 요청하자 흔쾌히 부탁을 들어주셨다. "자, 사진 찍을게요. 찰칵! 찰칵! 찰칵!" 하며 아주 호탕하게 중년의 남성분이 사진을 찍어주셨다. 당 연히 노을이 바닷속으로 내려가는 모습에 우리가 보이는 멋진 사진일 거 라 기대했다. 그런 기대로 핸드폰을 받아 든 친구가 사진을 보고는 기겁 하며 말했다.

"야! 하하하. 노을이 포인트인데 노을이 우리한테 가려서 하나도 안 보 인다."

노을빛만 우리 몸 주위에서 풍기는 그 광채 사진이 추억으로 남았다. 아, 진짜 인생은 알 수 없는 재미로 가득한 곳이 아닌가! 그분 덕에 태양 이 사라진 노을 사진이라는 추억을 받아 왔으니 말이다.

그나저나 친구 말처럼 뜬금없이 노을이 보고 싶다는 건 나이가 들어간 다는 것 아닐까? 이제는 조금씩 사라져가는 것들의 당연함을, 쓸쓸함을 아는 것이 아닐까? 지금껏 내가 저 태양처럼 열심히 잘 살아왔다고 뿌듯 해하는 순간이 아닐까 싶다. 그래서 Y 녀석이 노을 보러 가자고 뜬금없 이 말했던 건지도 모른다.

03

귤

인고의 시간을 견뎌낸 자연의 작품(feat. 황금향)

서귀포에 왔을 때 내 눈길을 확 사로잡은 풍경은 길거리에 있는 귤나무였다. 늘 커다란 은행나무 가로수만 보다가 '귤나무 가로수'를 보니 도시가 참 아담해 보였다. 마치 내가 귀여운 동화 나라에 온 것 같았다. 넘치는 귤이 있기에 먹을 수도 있고 나눠 줄 수도 있는 따뜻한 나라에 초대받은 것처럼 행복해졌다. 그런 귤이 가득한 곳에 살다 보니 지나다니는 사람들 표정도 하나같이 여유가 있어 보였다. 관공서 옆 귤나무에도 귤이 잔뜩 달려 있고, 심지어 아파트 단지 안에도 귤 세상이었다. 내가 진짜로 따뜻한 남쪽 나라, 귤 동화 나라인 서귀포에 온 걸 실감할 수 있었다.

내 귤은 아니지만 내 것인 양
바라만 봐도 기분이 좋아지고 행복해졌다.

'도시 한가운데 웬 귤이….'

'왜 안 따 먹지?'

'왜 그냥 놔두지…?'

궁금함은 풀어야 하는 법, 알아보니 노란색 귤 정체가 바로 '하귤'이었
다. 청으로 담가 먹기도 하지만 주로 관상용 귤이라고 했다. 보는 귤이라
는 생각으로 따 먹는 생각은 바로 그만두었다.

내 주먹만 한 크기의 노란 하귤이 주렁주렁 매달려 있는데 보면 볼수
록 마음이 풍요로워졌다. 내 귤은 아니지만 내 것인 양 바라만 봐도 기분

이 좋아졌다. 제주에 관광하러 오시는 분들도 내 마음과 같은지 길거리든, 감귤박물관이든, 약천사든 어디든지 하귤과 함께 행복한 표정을 지으며 사진을 남기셨다. 보는 내내 내 마음이 흐뭇해졌다.

　하귤을 보는 것만으로도 좋았는데 진짜 먹을 수 있는 귤이 나오면서 제주살이가 더 즐거워졌다. 한 입 깨물면 새콤달콤한 맛이 입안에 쫙 퍼지는데 즐거움 수치가 팍팍 올라갔다. '서귀포오일장'에 가서 노지귤 만 원어치만 사면 아이들이 홀라당 다 까먹었다. 얼마 지나지 않아 아이들과 내 주위에 귤껍질이 한 무더기로 쌓여 있기 일쑤였다. 그렇게 귤이 지천인 가을 말과 겨울 초가 찾아오면 즐거운 비명을 지르고 다녔다. 그러나 그 귤들이 마법을 부린 것처럼 짠하고 나오는 게 아니었다. 내가 상상하지 못한 오랜 인고의 시간이 필요했다.

하얀 귤꽃을 처음 보다.
초록 구슬 귤도 처음 보다.

봄에 올레길 걷다가 우연히 하얀 귤꽃을 처음 만났다. 무슨 나무인가 살펴보는데 세상에나 귤나무였다. 부끄럽지만 귤만 먹어봐서 귤은 꽃이 있는지도 몰랐다. 아니 귤꽃은 생각도 안 해봤다. 그리고 귤꽃이 흰색이라니. 난 당연히 귤이 주황색이라 귤꽃도 귤색이라 생각했는데. 몰라도 한참 몰랐다. 그리고 귤꽃 향기도 궁금해서 코를 대봤는데 은은한 아카시아 향이 나서 정말 신기했다.

그렇게 하얀 귤꽃이 피고 진 자리에 구슬 크기만 한 진한 초록색 아기 귤이 만들어졌다. 그 조그맣던 귤들이 뜨거운 여름과 기나긴 장마와 태풍을 이겨내야 비로소 여섯 살 아들내미 주먹 크기만 한 귤이 탄생했다. 그러니 귤 하나만 보더라도 예전이면 '그냥 귤이지.' 하면서 아무 생각 없이 먹었을 걸, 이젠 그 하나가 정말로 소중하다. 먹기 전에 나름의 의식도 한다. '귤아, 내게로 와서 고맙다. 봄 여름 가을 잘 크고 잘 자라 주어서 고맙다. 잘 먹고 건강해질게!'라고. 귤에게 고마움을 전해서인지 귤이 더 달고 새콤하게 느껴진다.

그런 행복함을 가득 준 귤은 집 근처 '서귀포오일장'에서 주로 샀다. 오일장에 과일 가게들이 제법 있었는데 우리는 한 할머니가 운영하시는 과일 가게의 단골이 되었다. 그 할머니를 보면 어릴 적 나를 사랑해 주시고 챙겨주시는 외할머니가 생각나서 여길 찾게 되었는지도 모른다. 내가 그렇게 생각해서 그런지 할머니도 돌아가신 외할머니처럼 살뜰하게 우리 가족을 아껴주셨다. 과일을 살 때마다 아이들 먹으라고 양손 가득 더 챙겨주시는데, 보는 내내 마음이 뭉클해졌다. 그 모습을 보고 '사는 게 별거 아니고 함께 나누며 사는 거지.'라는 교훈도 얻게 되었다.

하루는 할머니 집에 귤을 사러 갔는데 할머니께서 레몬처럼 생긴 노란 과일을 한번 먹어 보라고 했다. 그냥 아무 생각 없이 먹었다가 아내와 나 둘 다 깜짝 놀라 뒤로 자빠지는 줄 알았다.

"뭐가 이렇게 달고 맛있어?"
"한 번 먹어봐. 우와! 진짜 맛있네!"

한 번 맛보고 반해서 바로 샀다. 그 귤이 바로 '황금향'이다.

제주살이하면서 노지귤, 하우스귤, 한라봉, 천혜향, 카라향, 레드향 종류별로 다 먹어봤는데 황금향은 처음이었다. 색깔은 노란 황금색인데 껍질이 아주 얇아 까기가 조금 어렵지만, 그 안에 정말 황금이 들어 있다. 그 황금을 입에 넣으면 달콤함이 입안에 쫙 퍼져 기분이 절로 좋아졌다. 특히 냉장고에 넣어 두고 시원할 때 먹으면 그 달콤함과 시원함은 두 배가 되어 기분이 날아갈 정도다. 황금향 맛에 반해 장모님 집, 엄마 집, 동생 집, 참 여러 곳에 황금향 선물을 많이 했다. 제주에 살지 않았더라면 황금향을 몰랐을 것이고, 평생 이렇게 맛있는 맛을 몰랐을 거란 생각을 하니, 억울할 것 같다는 생각마저 들었다.

가을이 찾아오면
황금향의 달콤함이 떠오른다.

제주를 떠난 지 어언 6개월 차에 동네 시장에서 하우스귤이 보이기 시작했다. 제주에서도 비쌌는데 여기서도 역시 귀한 몸이다. 가격이 비싸지만, 입과 몸의 행복한 기억을 되살리기 위해 샀다. 한 입 깨물었더니 제주의 행복했던 기억이 통째로 되살아났다.

'아! 제주도 다시 가고 싶게 만드는 맛이다.'

그리고 하루는 아내가 8월 말인데 황금향을 '짜잔!' 하며 샀다. 제주에서 먹던 바로 그 맛이었다. 저녁에 피곤했던 몸이 샤워 후 황금향을 먹었더니 100% 충전되었다. 황금향 먹은 힘으로 아들이 놀아달라고 해도 흔쾌히 놀아주었다. 하하하.

가로수가 감귤인 서귀포. 귤을 보면, 바라보기만 해도 마음이 풍요로워지던 서귀포 하귤 거리가 떠오른다. 내가 사는 부산도 가로수가 귤나무면 얼마나 좋을까 하고 혼자만의 상상을 펼쳐 본다.

주렁주렁 귀엽게 매달린 귤 덕분에 마음이 풍성한 제주 1년 살이였다.

04

반딧불이

반딧불이 포옹보다 훨씬 더 따뜻했던 순간

제주에 사니 6월쯤에 제주 '청수 곶자왈'이라는 곳에서 반딧불이 축제를 한다고 했다. 제주에 반딧불이가 있다니. 생각지도 못한 설렘이었다. 역시 자연과 생태계가 잘 보존된 청정 제주였다. 아들이 태어나서 처음으로 '두점박이 무당벌레'를 처음 발견했을 때의 그 설렘이 내게도 가득 전해졌다.

반딧불이를 실제로 보면 어떤 느낌이 들까? 마음이 쿵쾅거리고 두근거리고 이 세상을 정말 다 가진 느낌이 들까? 내가 좋아하는 노래 〈fireflies〉(반딧불이)를 부르는 어릴 적 '코니 탤벗'의 미소 가득한 행복한 그 느낌이 그대로 전해질까 궁금했다. 인간이 만든 빛이 아니라 곤충이 만들어낸 빛이라니 실제 본다면 얼마나 더 신비로울까? 말만 들어도 몽글몽글 감상에 젖게 만드는, 어둠 속에서 빛을 내며 불가능을 현실로 만드는 반딧불이가 정말 보고 싶어졌다.

아들이 태어나서 처음으로 본 두점박이 무당벌레.
아들이 느낀 그 설렘을 나도 반딧불이를 보며 느끼고 싶었다.

하지만 반딧불이 보는 게 인기인 줄도 모르고 표를 사려니 표가 없었다. 표가 없으면 악착같이 구해야 하는데 실행력이 약해 바로 포기하고 말았다. 그렇게 시간이 흘러 반딧불이 구경은 완전히 잊힐 즈음, '서귀포시 공식 블로그' 글에서 반딧불이를 9월도 볼 수 있다고 했다. 일명 '늦반딧불이'라고 하는데 이 녀석도 나처럼 청개구리인가 싶었다. 남들 할 때는 안 하고, 남들 안 할 때 하는 그런 특이한 성격을 가진 녀석 말이다. 순간 동지를 만난 것 같아 얼마나 기뻤는지 모른다. 청개구리 같은 요 녀

석이 사는 장소를 알아보니 다행히도 우리 집에서 멀지 않은 '논짓물'이
라는 곳에 살고 있었다.

더는 미루면 안 된다는 생각이 들었다. 9월의 마지막 날, 노을도 볼 겸
반딧불이도 볼 겸 중문에 사는 친구 가족들이랑 논짓물에서 만났다. 밥
을 먹고 노을도 보면서 이야기를 나누자 어느 순간 이곳이 새카맣게 변
했다. 친구 가족과 우리 가족은 신세계를 탐험하는 콜럼버스처럼 반딧불
이를 찾아 한 발짝 한 발짝 어둠에 발을 내디뎠다. 하지만 반딧불이가 보
이지 않아 너무 늦게 온 거 아닌가 하는 걱정이 들었다.

논짓물. 어느 순간 이곳이 새카맣게 변했다.
반딧불이를 찾아 한 발짝 한 발짝 어둠에 발을 내디뎠다.

혹시나 모르는 기대감으로 논짓물 옆으로 난 도로를 아이들과 손잡고 걸어가면서 반딧불이를 찾기로 했다. 사람 하나 없는 깜깜한 밤에 친구 가족들이랑 밤길을 걷는데 기분이 이상하리만큼 좋았다. '이거 뭐지?' 하며 그냥 아이들 손잡고 밤길만 걷는데, 마음이 호수처럼 차분해졌다. 어둠이 주는 적막감과 고요함 속에 우리만 덩그러니 살아 있다는 생각이 드니 뭔지 모를 생명력과 신비스러움이 가득 넘쳤다.

도시의 불빛에 그동안 나도 모르게 익숙해져서일까? 어둠을 까맣게 잊고 살았음이 틀림없다. 정말 오랜만에 만난 그 어둠이 이상하게 편했다. 앞이 잘 보이지 않아 무섭다고 내 손을 꽉 잡은 아들 손이 평소보다 훨씬 더 따뜻했고 애틋했다. 목소리도 훨씬 더 또렷하게 들렸다.

그러다 갑자기 친구가 소리쳤다.

"저기 반딧불이다."

장난의 대가인 친구가 나를 놀리려고 하는 소리인 줄 알았다.

"어디 어디?"

"저기, 저기."

눈을 씻고 쳐다봐도 안 보였다. 역시 속았다는 느낌이 확 들었다. 그런데 녀석의 눈빛과 목소리가 농담하는 눈빛과 목소리가 아니고 아주 진지했다.

"어디?"

"저기, 저기, 저기, 저기……."

"있다, 있다, 있다, 있다……. 하하하하하."

'와!' 눈이 똥그래지고 입이 다물어지지 않았다. 블로그 글이 맞았다. 여섯 살 아들 새끼손톱만 한 노랑 형광 물체가 공중을 헤엄치듯 유유히 포물선을 그리며 돌아다녔다. 얼핏 보면 잘못 봤나 싶을 정도의 아주 작은 크기와 약한 불빛이었다. 어둠이 짙을수록 형광 반딧불이는 더 잘 보였다. 발견할 때마다 '어디 어디?' 하며 다 같이 '우와! 우와!' 하며 짧고도 긴 감탄을 했다. 나보다 더 신난 딸은 핸드폰을 가지고 영상을 찍다가 반딧불이를 찍었다며 그렇게나 좋아했다.

그 깜깜한 어둠 속에서 만난 반딧불이를 본 저녁에 〈fireflies〉 노래를 다시 들었다. '반딧불이랑 천 개의 포옹을 한다.'라는 가사에 가슴이 떨려왔다. 반딧불이랑 천 개의 포옹은 못 했지만 한두 개의 포옹만으로도 신비함 그 자체였다. 무엇보다 좋았던 건 칠흑같이 어두운 거리를 아이들과 손잡고 별 보며 달 보며 걸은 거였다. 아들딸과 손 꽉 잡고 체온을 나누며 걸었던 게 천 개의 반딧불이 포옹보다 훨씬 더 따뜻했다.

05

폭포
내 마음속 여유 스위치를 켜다

시간에 쫓기다 방학을 맞은 적이 있다. 지금껏 여러 번의 방학이 있었지만 그때 방학 첫날은 뭔가 달랐다. 도심을 걷는데 발걸음이 가벼웠다. 지나가는 사람들의 웃는 표정이 눈에 들어왔다. 가로수 초록이 유난히 싱그러웠다. 길 위에서 먹이를 찾는 비둘기마저 사랑스러웠다. 내가 주는 눈길 곳곳에 사랑과 여유가 묻어났다. 시간에 쫓기지 않으니 세상이 아름다워 보이고 평온해 보였다. 원래 세상은 그렇게 평화로운데 내 마음이 바쁘니 그동안 평화가 눈에 들어오지 않았다. 그때 깨달았다.

'아, 방학이라는 심리적인 여유가 중요하구나. 그렇다면 바쁜 상황에도 내 마음의 여유를 찾기만 하면 되겠구나. 세상의 평화를 결정하는 건 바로 내 마음이구나!'

그 이후로 아무리 바빠도 내 마음속 여유 스위치를 켠다. 그러면 그때 방학을 맞았던 내 마음의 평화가 다시금 찾아온다.

제주살이의 핵심도 어쩌면 여유다. 시간에 구속받지 않고 마음이 너그러우니 세상이 평화롭다. 정방폭포도 그냥 폭포가 아니다. 사진 하나 달랑 찍고 잠시 보고 가는 그런 폭포가 아니다. 둥그런 바위에 편하게 앉아서 세월아 네월아 하며 하염없이 폭포만 쳐다본다. 4·3의 슬픈 현장을 폭포는 아직도 기억하고 있다는 듯 세찬 목소리를 내고 있었다.

제주살이의 핵심도 어쩌면 여유다.
시간에 구속받지 않고 마음이 너그러우니 세상이 평화롭다.

『여덟 단어』의 '견'을 실천해 보기로 한다. 내가 폭포가 되고, 폭포가 내가 되는 물아일체의 순간이다. 내가 떨어지는 물이 된다. 바이킹을 타고 내려간다. 가슴이 울렁이고 가슴이 철렁인다. 찌릿찌릿 전율이 온몸을 휘감는다. 떨어지는 물 하나하나가 화살이 된다. 물 화살과 물 화살이 만나 그 긴 화살이 바위에 부서져 하얀 거품으로 바뀐다.

폭포 보는 맛을 제대로 들였더니 폭포 구경이 더 재미있어졌다. 집 근처라서 자주 왔던 천지연폭포도 예전의 폭포가 아니다. 예전엔 폭포 사진만 찍고 황급히 돌아섰지만, 지금은 이곳 전체가 다 소중하게 느껴진다. 병풍처럼 폭포를 둘러싸고 있는 수백 수천 년 된 나무와 바위들. 하늘빛과 물빛이 더해 주는 엄마 품과 같은 이곳의 아늑함. 그 포근함 가운데 초연하게 떨어지는 폭포. 할 말을 잊는다. 게다가 솜반천에서 솟아난 용천수가 흘러내려 이곳까지 이어짐을 알기에 하천 전체가 구석구석 내 눈에는 다 보일 정도다.

하루는 아이들 등원 시키고 난 아침 9시, 천지연 주차장을 지나치는데 주차장이 썰렁했다. 바로 그 순간 '사람들이 없겠네.', '조용하게 폭포를 볼 수 있겠네.'라는 생각이 번쩍 들었다. 역시 내 예상이 맞아떨어졌다. 사람들이 없으니 확실히 여유가 더 생겼다. 폭포를 보러 온 게 아니라 집 앞마당을 산책하는 것처럼 편했다. 도민이라 입장료도 공짜니, 신분증만 보여주고 룰루랄라 들어갔다.

폭포 감상은 여유 있게 산책하듯
이른 아침에 하면 아주 좋다.

늘 사람이 많아 폭포보다 사람 보기 바빴는데 폭포 구경이 제대로다. 최근에 비가 많이 와서 폭포 세기가 평소보다 셌다. 물줄기가 몇 줄이나 되고, 떨어지는 세기도 강렬했다. 아! 폭포 근처에 빨주노초파남보 무지개가 보였다. 햇볕이 비추면 무지개가 나타나고, 햇볕이 사라지면 무지개가 사라지는 마법을 폭포가 보여줬다. 아침에 여유 있게 폭포를 보니 무지개 보는 행운도 얻었다.

역시 여유가 있으니 안 보였던 것도 보인다.
할아버지의 은은한 미소를 보았다.

폭포 다 보고 내려오는 길에 '미소 바위'라는 것도 발견했다. 천지연폭포를 몇 번이나 왔는데 이 표지판은 처음이다. 역시 여유가 있으니 안 보였던 것도 보인다. 미소 바위라…. '바위가 미소가 아닌데 바위에 비친 물 모습이 어떻게 미소야?' 하며 의심을 잔뜩 했다. 속는 셈 치고 쪼그려 앉아 물에 비친 모습을 들여다 봤더니 은은하게 미소 짓는 할아버지 모습이 보였다. 너무 신기해서 몇 번이나 쳐다봤다. '올레!' 하고 혼자서 할아버지 미소를 지으며 그 미소를 사진에 담았다.

다리 옆에 동전을 던져 복을 기원하는 표지판도 생전 처음으로 눈에 들어왔다. 저 멀리 잉어 동상, 거북이 동상, 물에 잠긴 원앙 동상 주변에 동전이 가득했다. 다들 사랑과 출세와 장수를 원하는 모양이었다. 동전 대신 주머니에 있는 대왕 밤 하나를 던지고는 '우리 가족 건강하게 제주살이 잘하게 해주세요.'라고 소원을 빌었다.

폭포 감상은 여유 있게 산책하듯 이른 아침에 하면 좋다. 사람들이 없으니 폭포에 집중할 수가 있고 새로운 것들이 잔뜩 눈과 마음에 들어온다. 왜 그 생각을 한 번도 못 해 봤을까? 폭포 구경은 이른 아침에 하면 좋다는 걸.

방학이라는 여유 스위치 말고 폭포라는 여유 스위치를 하나 더 찾았다. 나처럼 각자의 바쁜 삶 속에서 자신만의 여유 스위치를 하나씩 찾으면 좋겠다. 바쁠 때마다 그 여유 스위치를 켜 세상을 바라보면 좋겠다.

06

억새

가을엔 억새를 보러 가자

'억새가 한들한들 춤춘다!'

가을바람에 억새들이 단체로 한들거리면 뭔가 아련해진다. 봄 여름 열심히 살아온 내게 수고 많았다고 말하는 것 같다. 그리고 추운 겨울이 곧 다가오니 마음의 준비를 단단히 하라고 알려주는 것 같다. 아파트 산책로에 바람 따라 흔들리는 억새를 보니 억새 세상으로 초대받았던 새별오름이 떠올랐다.

육아에 지쳐 제주에 오름이 있다는 것조차도 몰랐던 시절, 숨을 헐떡이며 줄을 잡고 한발 한발 올랐더니 어느새 정상에 다다랐었다. 지는 해에 온 세상이 주황빛으로 물들고, 베이지색 억새 파도가 끊임없이 물결치고 있었다. 카메라 렌즈 속엔 가을 억새가 한들거리며 아들딸이 환하게 웃고 있었다. 자연의 아름다움을 온몸으로 느끼는 행복한 아이들 표정은 그때가 처음이었다. 우연히 해 질 녘 억새 풍경을 만나게 되었던 거라 감동이 더 컸다. 그때 새별오름의 풍경은 내 인생 억새 풍경이 되었다.

카메라 렌즈 속엔 가을 억새가 한들거리며
아들딸이 환하게 웃고 있었다.

가을이 다가오자 그때의 황홀했던 새별오름이 다시 보고 싶어졌다. 한 번은 가야지 했는데 아이들이 워낙 오름을 싫어하고 유치원 하원 시간과 겹쳐 시간 내기가 어려웠다. 억새는 아파트 정원에 핀 억새만으로 아쉽게 끝나는가 싶었다.

그러다 하루는 중문 친구 내외랑 다랑쉬오름을 갔고, 하산하는 길에 보였던 비행접시 모양의 야트막한 오름이 보였다. 시간이 남아서 잠깐 둘러보기만 했다. 하지만 여기가 새별오름을 능가할만한 억새 천국일지 누가 알았겠는가!

다랑쉬오름을 오르다 발견한 아끈다랑쉬오름,
그때까진 억새 바다에 빠질 줄 상상도 못 했다.

그 오름이 바로 아끈다랑쉬오름이다. '아끈'은 제주말로 '작은'이라고 하니 작은 다랑쉬오름이었다. 조그만 오름답게 채 5분도 되지 않아 정상에 다다랐다. 축구장 두 개 정도만 한 크기의 평평한 이곳은 억새 바다였다. 억새 바닷속에 순간 내가 풍덩 하고 빠져들었다. 산들산들 가을바람에 억새 파도들이 끊임없이 밀려왔다 사라졌다.

그 억새 파도를 하나씩 헤엄치듯 나가니 자연스레 마음 부자가 됐다. 뜻밖의 선물처럼 다가온 가을 아끈다랑쉬오름에 내 마음이 두근거렸다. 내 생일날 중문 친구에게서 받은 예상치도 못한 엽서에 내 마음이 따뜻해졌던 것처럼 말이다.

'제주에서의 하루하루가 유난히 반짝거릴 수 있는 이유가 있다면, 그건 아마도 네가 서귀포에 자리 잡고 있기 때문이 아닐까? 네게도 오늘의 풍경이 마음속 오래도록 남길 바라며 이 엽서를 골라서 내 마음을 보낸다. 생일 축하한다. 22, 중문에서 현철'

전혀 기대하지 않은 친구 편지에 내가 사랑받고 있음을, 인생을 나름 잘살고 있다고 느꼈다. 고마움에 몇 날 며칠 마음이 넉넉해졌다. 그런 뜻밖의 친구 마음 같은 곳이 바로 아끈다랑쉬오름이 아닌가 걸으면서 생각이 들었다.

아끈다랑쉬오름의 아름다운 억새 풍경을 보니 도저히 그냥 지나칠 수 없었다. 친구 내외에게 억새를 배경으로 사진을 찍어주었다. 바람에 한 방향으로 움직이는 억새들이 '일하느라 그동안 정말 수고 많았다.'라고 말하며 친구 내외의 어깨를 보듬어 주었다. 친구 녀석이 사진을 보더니 흡족한 미소를 지었다. 친구도 우리 부부를 위해 사진을 한 장 찍어주었다. 가을이라는 선물을 친구에게 제대로 받았다.

깜짝 억새 바다 선물을 마음껏 받았다.

가을엔 억새를 보러 가자. 해 질 녘 풍경이면 더 좋다. 지는 주황빛 세상 속에 흔들리는 황금물결 억새는 우리 인생이 아직도 아름답고 살만하다는 걸 알려준다. 억새를 보고 내려오면서 나도 사람들에게 가을 억새 같은 사람이 되자며 생각에 잠겼다. 그날 아끈다랑쉬오름 덕분에 내 마음이 한결 고와지고 더 넓어졌다.

07

내가 관광 가이드?

좋은 곳은 꼭 다시 찾게 되어 있다

한때는 관광가이드가 꿈이었다. 언젠가는 그 꿈을 다시 꿀 수 있을 것 같았다. 제주에 살아보니….

제주에서 1년 동안 백수였으니 정말 좋다는 곳을 많이도 돌아다녔다. 머릿속으로 5분도 안 돼서 1박 2일 코스, 2박 3일 코스를 눈감고도 짤 수 있을 정도가 되었다. 그런 경지에 다다를 즈음 하루는 부산에 사는 친구 동준이가 제주에 온다고 한껏 들떠서 전화했다. "어디가 좋은지 좀 알려주라!"라고 하는 녀석에게 내가 좋았던 곳을 정리해서 보내줬다.

정확히 한 달 후 동준이가 아내와 함께 제주에 왔다. 친구는 회사 직원들과 왔기에 며칠 후에야 제주에서 볼 수 있었다. 친구 내외를 제주에서 보니 더 반가웠다. 그런데 나를 보자마자 친구가 하는 말에 어이가 없었다.

"2박 3일 동안 회사 직원들과 숙소에서 술만 먹었다."

"어? 뭐라고?"

"회사 사람들이랑 점심 먹으러 나갈 때 잠깐 산책도 했는데 거의 숙소에만 있었어."

"진짜?"

"제주에 왔는데 제주에 온 줄 몰랐어."

"하하하. 그럴 거면 제주에 안 오고 부산에 있지."

"내 말이. 하하하."

동준이를 위해 비공식 현지 관광 가이드로서 아름다운 제주를 제대로 보여주기로 했다.

"뭐 제일 하고 싶노?"

"음, 바다가 보고 싶다."

"어? 하하하하하하. 알았다. 멋진 바다 보여줄게."

"아, 그리고 2박 3일 내내 돼지고기만 먹어서 속이 느끼하다. 뭐 좀 개운한 음식 좀 먹고 싶네."

"알았다. 하하하."

친구 내외의 소원을 들어주기 위해 먼저 중문에 있는 '소소식당'에 데려갔다. 두 번 정도 왔던 곳인데 어묵탕에 해산물 비빔밥이 참으로 깔끔했다. 돼지고기만 먹었다던 친구 내외가 국물을 한 번 먹더니 맛있다고 칭찬을 아끼지 않았다. 먹는 내내 친구 내외의 즐거운 표정을 보니 내가 다 행복했다.

바다바라. 이제야 제주 온 것 같다고 친구가 말했다.

"바다 보며 커피 마시고 싶다! 어디 더 좋은 데 없나?"

두 번째 친구의 소원을 들어주기로 했다. 친구를 위해 카페 '바다바라' 를 안내했다. 색달해수욕장의 하얀 모래와 파란 바다, 그리고 해안선이 기가 막혀 '와!' 소리밖에 안 났던 장소였다. 기가 막힌 해안선 뷰를 처음 본 친구 내외는 경치를 바라보더니, "이제야 제주 온 것 같다."라며 환하 게 웃었다. 아름다운 제주 바다 보여 주기와 커피 마시기 미션은 대성공 으로 끝났다.

친구 내외가 부산으로 떠나는 마지막 날, 어디로 갈지 고민하길래 최 근에 가장 이색적이었던 '월령리 선인장군락지'와 '금능해수욕장' 해변 길 을 추천했다. 현지 관광 가이드인 나를 찰떡같이 믿었는지 친구가 두말 없이 따랐다. 서귀포에서 1시간을 달려온 월령리 선인장군락지를 보고는 "도경이 너 아니면 이런 데 절대 몰랐을 건데 데리고 와 줘서 고맙다!"라 고 친구가 말했다. 친구의 말에 내 마음이 금능 해변 위 하얀 구름이 되 어 두둥실 떠갔다.

바다를 제대로 보고 싶어 하는 친구 내외를 위해 제주 바다의 끝판왕 인 금능해수욕장을 일부러 데려왔다. 친구 내외는 제주가 마지막 날이라 그런지 아예 작정하고 신발과 양말을 벗어버렸다. 그리고는 맨발로 제주 의 바닷물을 피부로 느꼈다. 멀리서 친구 내외가 손을 맞잡고 물장난하 는 모습이 금능해수욕장과 참 닮아 있었다. 내가 좋았던 곳을 친구들이 저렇게 좋아하니 다시 관광 가이드 자격증을 따야 하나 심각하게 고민할 정도였다.

친구와 함께한 제주의 1박 2일이 금방 지나갔다. 직장동료와 함께한 2박 3일의 숙소 안 술 파티도 좋았지만 나와 함께한 1박 2일이 그렇게 좋았다고 했다. 제주의 아름다운 바다도 만끽하고, 맛있는 음식을 먹어서 참 행복했다고 했다.

이번 여행에서 확실히 느꼈다. 내가 좋았던 곳은 친구들이 좋아할 확률이 아주 높다는 것을, 그리고 좋았던 곳은 꼭 한 번 더 자연스럽게 찾게 되는 걸.

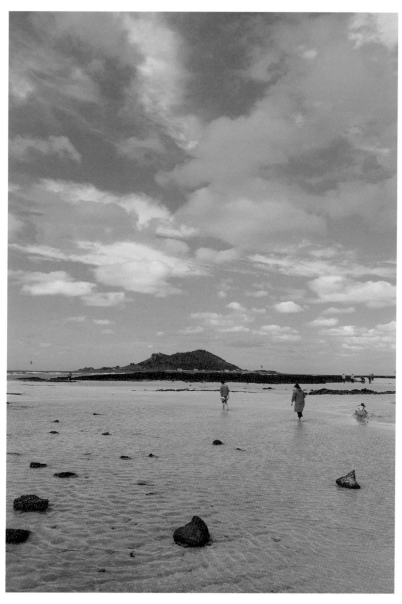

금능해수욕장. 좋았던 곳은
꼭 한 번 더 찾게 되어 있다.

08

고등어회

저승길 문턱까지 안내한 제주 고등어회

결혼하기 전 아내랑 제주에 놀러 왔었다. 그날따라 막걸리랑 문어가 너무 먹고 싶어 해변 포차에 차를 대고는 한잔했었다. 술을 먹어서 그 당시 여자 친구였던 아내가 대신 운전해 주었다.

알딸딸한 상태로 편안하게 앉아 창밖의 제주 바다를 보니 등 푸른 생선인 고등어가 생각났다. 오래전 학교 선생님들과 제주에 와서 처음 먹어봤던 고등어회의 고소함이 떠올랐다. 제주에서만 먹어 볼 수 있다는 그 신선한 고등어회는 참치회 같은 도톰한 살을 김과 함께 싸 먹는데 제주를 한입 꿀꺽 먹는 맛이었다. 몽글몽글 기쁨이 솟는, 평생 잊을 수 없는 행복한 맛이었다.

이 고등어회 때문에 생사가 갈릴 뻔했다.

그 행복한 맛을 다시 맛보고 싶어 횟집을 찾아다녔다. 하지만 파도가 너무 세서 횟집 사장님마다 고등어가 없다고 했다. 포기하고 숙소로 가려는 찰나, 해안도로 모퉁이 부분에서 횟집을 하나 발견했다. 그냥 지나치고 갔어도 되는데 괜히 횟집 있다는 소리를 해버렸다.

(나) "저기, 횟집 있네. 고등어 있나~?"

(아내) "어, 횟집 맞네… 고등어… 어어어 어어어…."

　　　"쿵!!!"

(나와 아내가 기절했다…. 잠시 후)

(나) "어어어어어…."

(아내) "괜찮아?"

(어) "어… 근데… 머리가…."

남편에게 고등어회 사주려고 횟집 수조 안을 살펴보다가 아내가 차 핸들을 돌리지 못했다. 그러고는 차가 해안도로 경계석을 '쾅' 하고 들이받았다. 분명한 것은 몇 초인지 몇 분인지 정신을 잃었다는 거다. 정신을 차리고 밖에 나가보았더니, 오른쪽 바퀴가 띄엄띄엄 놓여 있는 경계석 하나에 들이박고 휠이 구겨진 상태로 차가 멈춰 있었다.

내가 멀쩡하게 살아 있다는 자체가 신기했다. 아내는 그저 나보고 괜찮냐고만 계속 물어봤다. 해안도로에 경계석이 없었다면 차는 바로 바닷속으로 빠져들었을 것이고, 제주 1년 살이는 둘째 치고 아내랑 내가 살았을지 죽었을지 모를 일이었다.

그런 생사의 위험에 고등어가 떡하니 있다. 그러니 어찌 내가 고등어회를 잊을 수 있겠는가! 좋게 생각하면 고등어회 때문에 차 사고가 났고, 그 차 사고 때문에 아내랑 더 돈독해져 결혼도 하게 됐다. 그리고 이렇게 제주에 다시 와서 1년 제주살이를 하고 있는지 모른다. 하하하.

어항 속에서 푸른빛을 발산하는 녀석들과
눈도 마주치고 사진도 찍으면서 한참을 놀았다.

한동안 고등어회를 까마득히 잊고 살았다. 제주에 1년 살러 왔는데도
올레길 걷느라, 다른 제주 맛집을 찾아다니느라 고등어회가 생각나지 않
았다. 하루는 모처럼 서귀포 올레 시장을 걷다가 횟집 앞에서 살아 있는
'고등어'를 다시 만났다. 고등어를 봐서 그런지 갑자기 고등어회 맛이 궁
금해졌다. 그 궁금증을 이기지 못하고 다음 날 아내랑 손잡고 바로 서귀
포 올레 시장까지 걸어 내려가 점심으로 고등어회를 먹었다.

그게 뭐라고 한 번씩 진하게 생각나는 맛. 그거 찾다가 용궁 갈 뻔했는
데도 생각이 나는 거 보면 참 희한하다. 가게에 가서 가격을 물어보니 고

등어회가 생각보다 비쌌다. 한 마리당 시가로 이만 원이라고 해서 이왕 맛 있게 먹을 거 고등어 두 마리에 매운탕까지 시켜 푸짐하게 먹기로 했다.

김 위에 고등어회를 올리고
쌈장과 마늘을 넣어 입안으로 넣었더니
고소한 바다 향이 입안에 쫙 퍼졌다.

푸른빛과 갈색 그리고 하얀빛의 물결이 접시에서 파도를 치며 고등어 회가 나왔다. 한 입 먹었는데 내 입에서 '우와!' 소리가 절로 나왔다. 김 위에 고등어회를 올리고 쌈장과 마늘을 넣어 입안으로 넣었더니 고소한 바다 향이 입안에 쫙 퍼졌다. 잊고 있었던 맛, 행복한 맛을 소환시켜 준 고등어가 고마웠다. 아내도 내 표정을 보더니 "오늘 감탄하고 먹던데!"라고 말하며 나를 물끄러미 쳐다봤다.

고등어회 때문에 생사가 갈릴 뻔했는데도 고등어회를 찾은 걸 보면 난 정말 고등어회를 사랑하는 모양이다. 마음만 먹으면 고등어회를 쉽게 먹을 수 있는 제주에 살아서 정말 좋다.

하양 검정 따뜻한 세상,
겨울 제주

01

설산

가볍게 설산을 즐기고 싶다면 어승생악으로

부산에 살다 보니 눈은 뉴스에서나 보는 눈이 정말 다였다. 10년에 한 번꼴로 눈이 오면 어른이나 아이 할 것 없이 부산 전체가 들썩거렸다. 어릴 적 내 마음을 설레게 했던 그 눈을 이번 겨울에는 볼 수 있을까 하는 기대로 매년 겨울을 기다리고 기다렸었다.

제주에서 겨울을 보내니 눈을 10년이 아니라 10일도 기다릴 필요가 없었다. 눈 때문에 공항과 도로가 마비되는 일이 잦아 오히려 제주에서는 눈을 걱정해야 했다. 내 눈에도 걱정이긴 했지만, 눈이 내리면 나도 모르게 아이처럼 눈을 바라보며 좋아했다. 부산 태생인 아이들도 자주 내리는 눈이 신기했다. 다 같이 눈 쌓인 언덕으로 가서는 눈썰매도 타고 눈싸움에 눈사람까지 만들며 부산에서 못 푼 한을 여기 제주에서 다 풀었다.

내겐 그냥 한라산이 아니라
스위스 부럽지 않은 설산의 한라산이었다.

며칠 전에도 눈이 많이 내려 한라산 꼭대기는 눈 세상이 되어버렸다. 그런 눈 쌓인 한라산을 꼭 가 보고 싶었다. 하지만 가을날 돈내코 탐방로를 7시간 걸으면서 다리가 완전히 풀려 한라산 탐방은 포기했다. 대신, 뽀독뽀독 눈을 밟으면서 한라산 근처라도 걷고 싶은 마음이 간절했다.

그러다 알게 된 곳이 바로 '어승생악'이다. 말만 들으면 '악!' 소리 날 정도로 정말 험한 산 이름 같이 들렸다. 하지만 찾아보니 한라산 근처 오름의 하나로 1시간이면 충분히 오르내릴 수 있는 야트막한 곳이었다. 지인분께서도 어승생악 나오는 프로그램을 보고는 어승생악 설산이 정말 아름다웠다고 꼭 가 보라고 추천해주셨다.

중문에 사는 친구가 때마침 시간이 되어 함께 가기로 했다. 작년에 샀던 아이젠 두 개와 최근에 눈썰매 탄다고 샀던 방수 신발 덮개 두 개, 그리고 스틱 두 개를 챙겼다. 오름 오르면서 먹을 쌀 새우깡 하나와 물, 한라봉도 챙겼다.

여기 어승생악이 생각보다 인기 오름이다. 예전에 11시쯤에 여길 왔는데 주차할 자리가 없어서 허탕을 쳤었다. 그래서 이번엔 아침 일찍 서둘렀다. 한 3분만 더 늦었어도 주차장에 차가 꽉 차 어승생악을 또 못 갈 뻔했다. 휴~.

어리목 입구에 도착했다. 눈 쌓인 산을 보고 있으니 얼른 올라가고 싶어 장비부터 착용했다. 첫 아이템은 바로 '방수 신발 덮개'다. 최근에 눈썰매 타러 갈 때 신었는데 정말 반했던 아이템이다. 눈 속에서 놀다 보면 자연스레 신발 끝과 옆 부분으로 눈 녹은 물이 스며들어 양말이 늘 축축하고 찜찜했었다. 하지만 '방수 신발 덮개'를 했더니 눈이 들어올 걱정은 커녕 눈 속에서 아무리 놀아도 양말이 뽀송뽀송 그 자체였다.

친구와 나 둘이 '방수 신발 덮개'를 신고 있으니까, 주위 아저씨께서 정말 부러운 듯이 우리를 쳐다보며 물었다.

"그거 어디서 샀어요?"

친구가 부끄럼 반 자랑 반으로 힘차게 외쳤다.

"다이소에 가면 이천 원 해요."

친구의 말에 아저씨 아줌마들이 소곤거렸다.

"우리도 다음에 저거 꼭 사요!"

방수 신발 덮개 그게 뭐라고 우리 둘이 아줌마 아저씨들 사이에서 완전 인기스타가 됐다.

두 번째 아이템인 '아이젠'도 신세계였다. 아이젠을 처음 신어 보는데 먼저 신은 친구가 땅에서 발을 구르더니 "이거 완전히 축구화 신은 느낌인데!"라고 소리쳤다. 신발 아래 철이 창창창 소리가 나는 게 눈 내린 축구장에서 아이젠 신고 축구하면 참 재밌겠다는 상상까지 다 해 봤다.

마지막 아이템 '스틱'까지 챙겼더니 설산 준비 완료다. 마치 어릴 적 게임 '보글보글' 속 작은 공룡이 '천하무적'이 된 느낌이었다. 그 천하무적인 상태로 어승생악 눈길을 걷자 눈길인데도 하나도 미끄럽지 않았다. 신발 방수 덮개도 했으니 신발 안에 눈이 들어올 리도 없었다. 스틱도 있어서 손으로 갈 곳을 찍고 한 발 한 발 천천히 안정감 있게 걸을 수 있었다.

방수 신발 덮개를 했더니 눈이 들어올 걱정은 할 필요가 없었다.
눈 속에서 아무리 놀아도 양말이 뽀송뽀송 그 자체였다.

아이젠 아래로 차박차박 눈 밟는 소리가 정겨웠다. 나뭇가지에 쌓여 있던 눈이 따뜻한 햇볕에 녹아서 바닥으로 후드득 투두둑 하며 떨어졌다. 순간 산짐승이 왔나 싶어 뒤돌아봤는데 눈이 떨어지고 가벼워진 나뭇가지가 반동으로 움직인 소리였다. 친구는 눈이 녹아서 떨어지는 소리는 생전 처음 듣는다고 했다.

그런데 생각지도 못한 변수를 만났다. 날씨였다. 겨울 낮 기온이 15도나 되니 땀이 삐질삐질 이마와 등에서 났다. 올라가는 사람들 대부분이 점퍼를 손에 들고 오르기 시작했다. 눈산이라 당연히 추울 줄 알았는데 땀이 나는 희한한 경험이었다. 너무 더워서 눈으로 세수를 한 번 했더니, 우와! 순식간에 5도는 떨어졌다. 그걸로 부족했다. 내가 덥다고 하자 친구가 눈을 손으로 집어서 내 등에 넣었다. 우와! 몸 온도가 5도는 더 떨어졌다. 더운 기운이 확 사라져 다시 오를 만해졌다. 친구랑 눈 가지고 장난쳤더니 어느새 정상에 도착했다.

웃고 있는 내 모습이
최근 봤던 모습 중에 가장 밝았다.

정상에서는 주변 시야가 확 트이고 설산이 그림처럼 펼쳐졌다. 올라오길 정말 잘했다는 생각이 들었다. 눈 덮인 한라산 정상은 밟아보지 않았지만 거의 이 느낌 비슷하지 않을까, 하는 합리화까지 했다. 그 정도로 어승생악 정상은 구름과 설산의 환상 궁합이었다. 이 기분 그대로 어승생악 정상 표지석과 친구랑 사진에 남겼다. 웃고 있는 내 모습이 최근 봤던 모습 중에 가장 밝았다. 이 웃음을 잃지 말고 앞으로 건강하게 재미있게 살아야겠다고 마음먹었다.

정상에 있으니 내려가기가 아까웠다. 친구와 둘이 눈 위에 퍼질러 앉아서 겨울 햇살을 한참이나 받았다. 그러면서 먹는 쌀 새우깡과 한라봉이 참 별미였다. 그 좋은 기분 그대로 나는 두꺼운 파카를 벗어 눈 위에 깔고 아예 누워버렸다. 이 편안함, 이 여유 있음, 제주살이의 목적을 다시 찾은 듯했다.

하하하 호호호 등산객들의 웃음소리가 어승생악 정상에서 오랫동안 울려 퍼졌다.

02

손님 초대

내 손으로 엄마에게 밥을 해 드리다

제주집에는 방이 네 개나 있었다. 안방은 주로 아내와 아들딸이 사용했고, 서재는 주로 내가 사용했다. 나머지 두 방은 명목상 아들딸 방인데 책상도 없고 서랍도 없어서 거의 텅 빈 방이었다. 잘 안 쓰는 두 방을 보니 숙박비 무료로 친구들과 가족들을 제주집에 초대하고 싶었다.

제주 1년 살이 하면서 한두 번 정도 손님을 초대했나 싶었는데 헤아려보니 제법 여러 명이 다녀갔었다. 봄에는 제일 친한 친구 Y가 3일 정도 와서는 제주살이 잘 하라고 응원하고 갔다. 여름엔 처형 가족이 일주일 지내다가 갔고, 그중 5학년 조카 녀석은 우리 가족이랑 한 달이나 살았다. 겨울엔 대학교 친구가 잠시 왔다 갔고, 부산에서 친구 내외도 잠깐 하룻밤 자고 갔다. 제주집이 그래도 지인들에게 편안한 안식처가 되었다고 생각하니 뿌듯했다.

손님들을 많이 초대해 보지 않아서 초대하는 게 처음엔 어색했다. 뭘 준비해야 할지 몰라 우왕좌왕했다. 하지만 하면 할수록 음식만 조금 더 신경 쓰고 설거지만 조금 더 하면 됐다. 초대해 보니 뭔가를 줄 수 있다는 그 기분이 좋았다. 하지만 정작 제일 중요한 엄마를 초대 못 해 늘 마음이 쓰였다. 다행히도 친동생이 아이들 겨울방학을 맞이하여 비행기 표를 예매했다고 연락이 왔다. 제주의 진짜 모습을 보여줄 수 있게 되어서, 엄마와 동생을 초대하게 되어서 얼마나 기뻤는지 모른다.

엄마가 온다니까 왠지 느낌이 달랐다. 엄마에게 제주에서 잘 사는 모습을 제대로 보여주고 싶었다. 뭘 보여줄까 고민하다 엄마에게 따뜻한 밥 한 끼를 대접하기로 했다. 30여 년간 엄마와 함께 살면서 밥을 공짜로 얻어먹기만 했으니 말이다. 늘 다 된 음식을 먹기만 하다가 아이들 밥을 챙겨주니 끼니가 보통 힘든 일이 아니었다. 그래서 한 끼라도 엄마가 편하게 먹는 걸 보고 싶었다. 그래서 아내에게도 엄포를 놓았다. "점심은 내가 다 할 테니까 아무것도 하지 말고 쉬어라!"라고. 하하하.

무슨 음식을 주메뉴로 할까 고민하다 '소세지 양파 계란땡'을 하기로 했다. 초중고 시절, 엄마가 이 반찬을 도시락으로 싸주셨는데 그때 교실 친구들에게 인기 메뉴였다. 기억 속 음식 모양과 맛을 따라 떠듬떠듬했는데 엄마 맛이 80% 이상 나서 얼마나 놀랐는지 모른다. 우리 아들도 내가 해 놓은 소세지 양파 계란땡 요리를 처음 먹자마자 눈이 동그래졌다. 그 뜨거운 걸 후후후하며 입안으로 허겁지겁 넣었다. 그리고는 "소시지 피자 더 없냐?"고 소리쳤다. 그래서 그 음식 이름은 우리 집에서 '소시지 피자'로 불리게 되었다.

아들이 맛있게 먹은 자신감으로 세팅 준비를 마쳤다. 달걀 5개를 볼에다 깨서 넣고, 양파를 아주 잘게 썰어 달걀 위에 부었다. 소시지 대신에 두부 봉을 잘게 잘라 볼에다 넣고, 우유 한 숟가락 넣고, 소금과 후추를 조금 넣고 저었더니 '소시지 피자' 준비가 완료됐다. 바로 한 밥을 좋아하는 엄마를 위해서 압력밥솥에 현미와 쌀, 찹쌀, 잡곡까지 고루고루 넣어서 물에 씻어 불려 놓았다. 국으로 쓸 된장찌개도 만들어 놓고, 감자볶음에 숙주나물무침까지 만들었다.

동생네 가족과 엄마가 제주집에 왔다. 밥과 국을 푸고 소시지 피자도 완성했더니 엄마를 위한 점심 식사가 완성되었다. 식탁 위에 생선구이, 나물 반찬, 된장국, 감자볶음, 그리고 나의 비밀 무기인 소시지 피자가 한 상 가득 차려졌다. 열심히 한다고 했는데 내게는 매우 부족해 보였다. 그런 미안함도 잠시 친동생이 한마디 했다.

"우와! 이거 오빠가 다 한 거가? 음식 실력 많이 늘었네. 어, 이거(소시지 피자) 맛있네. 우리 어릴 때 먹던 거 맞제? 이거 어떻게 했노? 맛있네. 나도 집에 가서 해 먹어야겠다."

동생이 맛있다고 하니 기분이 좋았다. 친동생이 하는 말에 마음 졸이고 점심을 준비했던 내 마음이 사르르 녹았다. 친동생이랑 나의 대화에 엄마는 그저 크크크크 웃기만 했다. 엄마는 아무런 말 없이 마지막 밥 한 톨 남기지 않고 음식을 다 드셨다. 엄마한테 처음 해준 한 끼를 다들 맛있게 먹어주니 행복했다. 그리고 마음속 다짐도 했다.

'어머니, 30년 넘게 밥해주셔서 정말 감사합니다. 종종 이렇게 한 번씩 밥해드리겠습니다. 제주에 계시는 동안 좋은 곳 많이 모셔다 드릴게요.'

그날은 엄마와 동생네 가족을 데리고 동백꽃도 보고 송악산도 구경하고 내가 좋아했던 제주의 아름다움을 마음껏 보여드렸다. 돌이켜보니 제주집에 여러 지인과 엄마까지 초대하게 되어서 제주살이가 더 풍성해졌는지도 모른다.

엄마에게 제주 동백꽃을 보여드렸다.
엄마가 환하게 웃었다.

03

갑오징어

나도 제주에서 월척을 낚았다!

낚시를 좋아한다. 하염없이 찌와 바다를 보며 시간 보내는 게 마음 편하니 좋다. 물고기 입질이라도 받으면 더 좋다. 그러다 진짜 고기를 잡으면 손에 달달달 떨리는 그 느낌이 황홀하다. 초등학교 시절이었지 싶다. 그 당시 아버지가 낚시를 좋아하셔서 나를 종종 바닷가로 데리고 다녔는데 그때 뭣도 모르고 잡은 망상어 새끼가 바로 그 설렘이었다.

제주도 와서 차귀도에서 배낚시를 한 번 했었다. 관광객을 상대로 잔챙이 물고기 손맛은 제대로 느낄 수 있었다. 하지만 뭔가 아쉬웠다. 물고기의 천국인 제주까지 왔는데 큰 물고기 한 마리는 제대로 낚고 싶었다. 지성이면 감천이라고 했는가! 마음으로 연이틀 빌었는지 아들이 다니는 유치원 친구 아버님(J 아버님)이 선상낚시를 한 번씩 간다고 했다. 내가

낚시에 관심이 있다고 했더니, 제주도 떠나기 2주 전에 드디어 J 아버님
이 연락을 주셨다.

"내일 아침 6시 50분까지 하효항으로 오시면 됩니다. 신분증 챙기고,
옷 따뜻하게 입고 오세요. 장비는 제가 다 챙겨 갈게요."

배를 보니 낚시다운 낚시를 할 수 있겠다 싶었다.

세상에서 제일 반가운 전화 한 통이었다. J 아버님 말씀으로는 이번 배
낚시는 아침 7시에 출항하여 저녁 5시에 들어오는 갑오징어 배낚시라고
했다. 나도 드디어 월척을 낚을 수 있겠다는 설렌 마음에 낚시 전날은 잠
도 오지 않았다. 다음날, 새벽 6시에 눈을 떠서는 내복을 입고 그 위에 옷
을 두 겹이나 껴입은 채 하효항에 도착했다. 깜깜한 어둠 속에 환한 불을

밝히고 있는 배를 보니 진짜 낚시다운 낚시를 할 수 있겠다 싶었다.

J 아버님은 배에 타시자마자 열심히 낚싯줄을 이으시고 끊고 달고 하시는데, 내가 도와드릴 게 하나도 없어서 그저 옆에서 말동무만 열심히 했다. 그리고 '에기'(물고기 모양으로 수십 개의 바늘이 달린 부분)에 꽁치 조각을 달아 철사로 열심히 감는데, 손재주가 좋아서 그저 잘하신다고 응원만 열심히 했다.

갑오징어 낚시는 처음이다.
갑오징어가 꽁치 조각이 달린 '에기'를 문다.

배가 전속력으로 출발하자 뭔가 신나는 일이 펼쳐질 것 같아 마음이 설렜다. 저 멀리 한라산 꼭대기에 내린 하얀 눈과 회색 구름이 아침 운치를 더했다. 낚시하러 가는 길에 낚시할 생각보다 경치 보는 데 시선을 더 뺏겼다. 서귀포 앞바다를 가로지르며 배 위에서 산과 바다를 마음껏 눈에 넣었다. 뱃값 10만 원 중에 이미 5만 원 이상은 풍경 보는 값이라 해도 무방할 정도로 경치가 빼어났다. 지금껏 섶섬, 문섬 앞모습만 보다가 이 섬들의 뒤태를 보니 요 녀석들 뒤태들이 얼마나 신기하던지 보고 또 보고, 찍고 또 찍었다.

채비가 끝나고 배가 도착하자 드디어 대망의 '갑오징어' 낚시가 시작되었다. '베이트릴'이라고 하는, 태어나서 처음 잡아 보는 릴 모양의 낚싯대였다. 수심도 숫자로 확인이 되니 이건 뭐 낚시의 신세계였다. 줄이 싱싱 자동으로 내려가더니 94라는 숫자에 줄이 딱 멈췄다. 바닥을 찍었다고 했다. 서귀포 앞바다가 100m나 되는지, 그렇게 깊은지 깜짝 놀랐다. 그러고는 내가 제일 궁금했던 오징어 잡는 법을 가르쳐주셨다.

"바닥에 추가 닿은 거 느껴지나요?"
"네."
"그럼, 바닥을 확인하고 릴을 살짝 들고, 다시 바닥 찍고, 그렇게 반복하다가 뭔가 묵직하면 릴을 잡아당기면 돼요."

설명은 언제나 쉽고 실전은 언제나 어렵다. 실전은 몸으로 감으로 익히는 수밖에 없다. 아무리 무게감을 느끼려고 해도 추 무게인지, 갑오징어 무게인지, 바닷물 자체의 무게인지, 그 무게가 그 무게 같아 감이 전혀 오지 않았다. 당겨도 이게 잡았는지 안 잡았는지도 몰라 하염없이 들었다가 놓으며 그렇게 20여 분 동안 있었다.

"삐삐!"

배에서 갑자기 소리가 났다. 갑오징어가 안 잡혀 다른 장소로 간다고 해서 릴을 할 수 없이 감는데 뭔가 걸린 것 같은 느낌이 들었다.

"빨리 이동해야 해서 제가 감을게요."

J 아버님이 내 낚싯대를 대신 감아주는데 감아올린 낚시 끝에 귀여운 갑오징어 한 마리가 대롱대롱 매달려 있는 게 아닌가! 분명히 어디 걸린 것 같은 느낌이었는데 그게 바로 갑오징어 잡은 느낌이란 걸 처음으로 알았다. 잡았는데 잡지 않은 느낌, 첫 갑오징어는 내 공이 10, J 아버님 공이 90으로 합작하여 잡게 되었다.

그런데 생각지도 못한 변수를 만났다. 파도가 갑자기 높아지더니 배가 출렁거리면서 내 속도 덩달아 울렁거렸다. 참다 참다 못 참고 "꾸억! 꾸억! 꾸억!" 소리를 냈다. 살아야 했다. 다행히 토를 하자 그 답답함이 사라졌다. 배를 오래 탄 J 아버님이 말해주셨다.

제주에서 월척 낚는
소원을 풀었다.

"배는 적응하는 수밖에 없어요. 속이 좀 안 좋아도 뭐 좀 드세요."

그 말에 용기를 얻어 어묵탕을 조금 먹었더니 거짓말 안 보태고 멀미
가 싹 사라졌다. 이제 바다에 밑밥(?)을 제대로 뿌렸으니 고기가 잘 잡힐
거라는 J 아버님의 농담에 정말 신기하게도 연속으로 갑오징어 두 마리
를 잡게 되었다. 하하하.

장장 10시간 동안 출렁이는 배 위에서 파도와 춤을 추며 갑오징어 잡기 놀이를 했다. 비록 다섯 마리도 채 못 잡았지만, 낚시는 재미있었다. 대신 뱃멀미가 너무 힘들어서 선상낚시는 딱 한 번이면 족하다. 저녁 내내 집 바닥이 배를 탄 것처럼 울렁거렸다.

낚시할 생각보다
경치 보는 데 시선을 더 뺏겼다.

04

까만 돌

배경이 되어주는 넉넉함

정말 소중한 존재는 늘 곁에 있다. 그냥 묵묵히 있다. 말도 잘 없다. 있는지 없는지 표도 잘 안 나 그냥 모르고 지나치게 된다. 더 중요한 건 항상 곁에 있으니 고마운 줄도 잘 모르고 당연히 여기게 된다. 그러다 어느 날, 알게 된다. 내가 얼마나 소중한 존재에 둘러싸여 있었는지를. 얼마나 많은 사랑을 받고 살았는지를. 떠나고 나서야 알아차리게 된다.

생각해 보니 학창 시절이 그랬다. 학교에 가면 친구들이 늘 곁에 있었다. 농구하고 장난치고 늘 함께 놀았다. 싸 온 도시락을 펼쳐놓고 쓸데없는 농담에 킥킥거리며 맛있게 밥을 먹었다. 성적이 안 나오면 노래방 노래 가사로 서로를 위로해 주었다. 늘 좋은 친구들이 있는 게 당연한 줄 알았다. 하지만, 학창 시절을 떠나 사회에 나오니 친구들이 주위에 없었다. 떠나고 나서야 친구의 소중함을 알게 되었다. 그 시절이 얼마나 행복했는지, 친구들과 늘 함께 있기가 얼마나 어려운지를.

가족도 그렇다. 늘 곁에 있다. 곁에 있는 거 자체만으로 힘이 되는지 아빠가 떠나고 나서야 알았다. 엄마표 밥도 한 번씩 얼마나 그리운지 모른다. "밥 다 됐다."란 소리에 뭉그적거리며 나가 먹던 시절이 행복이었다는 걸 이제야 알게 된다. 막 해서 김이 모락모락한 엄마표 볶음밥, 엄마표 삼겹살, 엄마표 된장찌개, 엄마표 반찬 하나하나들이 얼마나 나를 위해 정성 가득 만들었는지 내가 아빠가 되니 알게 된다.

제주밭담테마공원 근처. 제주를 떠나니
까만 돌과 함께 한 푸른 바다가 한없이 그리워졌다.

제주에 오래 살다 보니 친구만큼이나 가족만큼이나 소중한 존재를 알게 되었다. 바로 까만 돌, 현무암이다. 까만 돌이 늘 주위에 있어 별로 고마운 존재인지 모르고 살았다. 제주가 화산섬이라서 돌이 까만 게 당연한 거라고만 생각했다. 오히려 까만 돌 말고 육지의 허옇고 약간 노란 색이 도는 화강암이 한 번씩 보고 싶었다. 발에 차이고 구멍 숭숭 뚫린 이 돌의 값어치를 몰라도 너무 몰랐다.

그러다 하루는 올레길 완주를 위해 추자도에 가게 되었다. 추자도에 오는 순간 이곳은 제주지만 제주가 아니었다. 내가 그렇게나 보고 싶었던 허연 화강암 바위들이 바닷가에 널려 있는데 너무 신기했다. '그래 이거지!' 하며 이색적인 풍경에 넋이 잠시 나가버렸다. 바닷가 모습이 원래 이래야 하는데 하며 추자도 풍경을 눈에 넣었다.

그런데 웬걸? 화강암 바위를 10분도 보지 않았는데 그새 제주의 까만 돌이 그리워졌다. 바위가 새카맣지 않으니 바다가 밋밋해 보였다. 제주를 제주답게 하는 것이 그렇게나 아무렇게 널려 있던 새카만 돌인 걸. 바다를 보고 있는 내내 입맛이 밍밍했고 텁텁했다.

추자도 숲길을 걸어도 마찬가지였다. 숲속 흙이 까만색이 아니고 육지에서 보는 흔한 붉고 노란 황톳빛 색이니 뭔가 허전했다. 처음에만 부산

뒷산에서 보는 풍경이랑 너무 비슷해 동네 산책 나온 기분처럼 좋았지,
그 편함도 잠시, 검은 돌과 검은 흙이 없으니 왜 그렇게 서운한지 몰랐다.

태풍이 온 다음 제주의 바다.
이날 까만 돌과 하얀 파도가 오래도록 마음에 남았다.

걸으면서 갑자기 깨우침이 왔다. 풍경이 중요하다는 걸. 바탕이 중요하다는 걸. 그 풍경과 바탕이 되는 게 바로 제주의 검은 돌, 현무암인 걸 알았다. 검은 흙과 검은 돌멩이가 있어서 숲속 초록 나뭇잎이 더 초록초록해 보였던 거다. 검은색 바위 풍경이 있어 바다가 더 파랗게 보였던 거다. 제주도에 다시 가고 싶어졌다. 그 흔하디흔한 검은 돌담이 보고 싶었고, 그 돌담을 만지고 싶어졌다. 검은 현무암과 절묘하게 어우러진 파란 바다, 파란 하늘이 너무나 생각났다.

제주로 돌아오니 그 흔했던 까만 돌이 너무 사랑스럽게 보였다. 눈길이 계속 갔다. 정말 희한하게도 노란 털머위꽃이 까만 현무암 덕분에 더욱 선명한 노란색으로 다가왔다. 분홍 동백 꽃잎도 검은 현무암 덕에 더 붉게 다가왔다. 하얀 파도가 현무암 덕에 더 하얗게 보였다. 너무 신기했다. 나만 혼자 이 사실을 안다는 자체에 흥분을 감출 수가 없었다.

까만 배경이 되어주어 자신보다 남을 더욱더 빛나게 해주는 제주의 검은 돌. 그 존재의 정체를 알았다. 제주에 오래 있다 떠나본 사람에게만 까만 돌이 얼마나 소중한지 알게 된다. 까만 돌 현무암이여! 까맣게 배경이 되어주는 넉넉함으로 오래오래 제주를 빛내주길 바란다.

까만 돌아! 까맣게 배경이 되어주는 넉넉함으로
오래오래 제주를 빛내주길 바란다.

05

올레길

두 발로 걸어서 완주한 제주 올레길

제주에 1년이나 살러 왔는데 사실 별 특별한 목적이 없었다면 믿겠는가? 아내와 나는 몇 년간의 끝이 없는 육아와 직장살이에 지쳐 그저 쉬러 온 게 가장 컸다. 그리고 또 한 가지 바람이라면 아이들이 즐겁고 건강하게 제주도에서 지내는 거였다. 그 바람대로 아이들은 오전 오후에 병설 유치원에서 아이들과 즐겁게 잘 놀았고 건강하게 잘 컸다. 원래 우리 아이들은 잘 먹지만 제주에 와서는 더 잘 먹었다. 당시 여섯 살 아들 키가 120cm에 몸무게가 22kg, 일곱 살 딸 키가 133cm에 몸무게가 32kg였으니 말 다 했다. 하루는 아내가 급식 사진을 보여주는데 아이들이 잘 크는 이유가 있었다. 식자재가 대부분 제주산이고 갖가지 채소와 영양소가 가득한 음식을 보고는 내가 가서 먹고 싶어질 정도였다.

아이들은 유치원에서 잘 먹고 잘 지내는데, 동반 육아 휴직한 아내와 나는 뭐 하고 지냈는지 궁금할 거다. 아이들을 유치원에 보내놓고 둘 다 걷는 것을 좋아해 동네 주변을 걸으러 다닌 게 다녔다. 그런데 하필 걸매 생태공원과 서귀포 칠십리시공원 길이 올레길 7코스 속 길이 아닌가! 육지와 뭔가 다른 정글 같은 제주 풍경을 보면서 아내와 나는 감탄을 그렇게나 했다.

올레길 7코스.
이 좋은 길이 우리 집 근처에 있었다!

'이 좋은 길이 우리 집 근처에 있다고, 매일 걷고 싶다!'
'그래! 제주 올레길을 다 걸어보는 거다! 제주 1년 살이 하면서 말이다!'

집 근처 산책 나왔다가 제주 1년 살이 계획을 다 세운 셈이다.

하루는 큰마음을 먹고 5코스를 시작으로 올레길을 걸어보기로 했다. 올레 센터에 도착해 이것저것 구경하다가 예쁜 올레 패스가 눈에 들어왔다. 생각보다 비싸서 살지 고민했지만, 제주 올레길을 다 걸으며 도장 찍을 생각을 하니, 꿈을 꾸듯 행복할 것 같아 사기로 했다.

'그래! 제주를 다 걸어보자! 여기 빈칸에 제주를 다 찍어보자!'

그 마음으로 올레 패스를 사고 5코스 시작점에서 역사적인 첫 도장을 찍었다. 얼마나 마음이 뭉클했는지 모른다. 그렇게 시작한 올레길을 3월부터 12월까지 걸었다. 무더운 여름과 추운 겨울을 빼고는 걷기 좋은 봄과 가을에 제주를 돌면서 도장을 다 찍었다. 올레길이 길면 두 번 아니 세 번 나누어서 걸었으며, 올레 패스에 도장이 하나씩 찰 때면 제주의 아름다운 풍경도 내 마음에 '쾅' 하고 새겨졌다.

올레 패스에 도장이 하나씩 찰 때면
제주의 아름다운 풍경도 내 마음에 '쾅' 하고 새겨졌다.

제주에 쉬러 왔는데 뜻하지 않게 올레길을 다 걷게 되었다. 제주도 한
바퀴를 직접 걸어 보니 나만의 올레길 한 줄 평을 적을 수 있겠다. 제주
에 살, 제주에 여행 갈 분들에게 도움이 되면 좋겠다.

올레길 코스	한줄 평	이용한 식당과 카페	최고의 순간
1	시작이라 발걸음이 가볍다.	종달아구찜, 고등어쌈밥	알오름 정상
1-1	우도 관광객과 전기 오토바이가 우도 를 장악해 버렸다.	.	홍조단괴해변, 우도등대
2	성산을 바라보며, 새들을 바라보니 마 음이 평온했다.	지은이네 밥상	광치기해변 성산조개바당길
3(B)	열 번 더 오고 싶은 길이다.	산산리 마을카페 성산덕이네	신풍 신천 바다목장
4	제주 바당길은 걸어도 걸어도 또 걷고 싶다.	당케올레국수 알토산고팡	표선해수욕장 소노캄제주 해안길
5	파도 소리가 마음을 참 편안하게 만들 고, 세상 시름을 잊게 한다.	은혜네맛집	큰엉해안경승지
6	섶섬, 오늘의 주인공은 바로 너야 너!	하효소머리국밥	쇠소깍 주변 데크길 쇠소깍 깡통열차 타기

7	집 하나 짓고 범섬, 너를 매일 쳐다보면 참 좋겠다.	한옥집 (김치찜 전문집)	동너븐덕(남주해금강) 돔베낭길
7-1	돈 주고도 살 수 없는 이 맑은 숲 공기 너무 좋다.	준식당(정식) 솔왓동산식당(정식)	엉또폭포, 고근산
8	하양 분홍 프로펠러 무꽃이 검은 현무암과 바다와 찰떡궁합이다.	소소식당 카페루시아(카페) 바다바라(카페)	대포주상절리, 예래생태공원
9	경치에 압도되어 그 자리에서 몇 번이나 뺑뺑 돌았는지 모르겠다.	알동네집 화순점	박수기정, 군산오름, 안덕계곡
10	종일 산방산, 너를 본 기억밖에 안 난 올레길 10코스였어!	황금손가락 산방점	지질트레일B, 용머리해안 송악산둘레길
10-1	자연이 그리는 가파도의 노란 파란 초록빛에 온종일 놀랐던 하루였다.	부성식당 해물라면	가파도 소망전망대
11	무덤들이 많았지만, 모슬봉 정상 가까이 올라와서 경치 보는 건 꼭 한 번은 해 봐야 하지 않을까?	자매식당	모슬봉 정상
12	마늘과 브로콜리는 뙤약볕과 거센 바람을 온몸으로 맞고도 무럭무럭 잘 자라고 있었다.	어촌계식당	수월봉, 당산봉
13	아담한 뒷산 같은 저지오름을 오르내리고, 의자 마을에서 푹 쉬었다.	저지해장국	저지오름, 의자마을
14	초록 선인장, 하얀 풍력발전기, 쪽빛 바다 3박자가 고루 갖춘 바닷길의 끝판왕이다.	마크사이공	월령리선인장군락지 금능, 협재 해안길
14-1	오름과 말이 있고, 곶자왈을 제대로 체험할 수 있는 참 다채로운 길이었다.	.	볏바른궤 있는 곶자왈 문도지오름
15(B)	곽지해수욕장과 한담 해안 산책로가 꽃길처럼 아름답게 느껴졌다.	임순이네 밥집	한담해안산책로
16	늦가을에 토성을 걸어본다면 참 좋은 주말 여행지가 될 것 같다.	그냥 우동	수산봉 입구 그네타기 항파두리항몽유적지
17	월대천, 이색적 풍경에 기분이 절로 좋아진다.	동백 부엌	월대천, 도두봉

18	사라봉을 시작으로 해서 알오름, 별도봉으로 이어지는 길이 웅장하고 신비스럽다.	사랑 분식	사라봉, 알오름, 별도봉
18-1	상추자도의 하이라이트는 올레길에 없는 '나바론 하늘길'이었다.	추자도 휴양 체험센터	대돈산 정상
18-2	새로운 세상 속으로 빠져든 느낌, 마치 꿈속에 있는 듯했다.	추자도 휴양 체험센터	대왕산 황금길 사자바위 '수덕도'
19	'신흥리 백사장(해수욕장)'이 최강의 비경이었다면 여기 '서우봉'에서 바라보는 함덕 해안 풍경이 예술이다.	문개항아리 문어라면	함덕해수욕장 서우봉, 신흥리 백사장
20	예쁜 바다도 보고, 제주 특유의 밭 경치도 구경하고, 걸으면서 인생을 생각한 시간이었다.	제주엔우영베이커리카페	성세기태역길 월정리해수욕장
21	세화의 아담한 돌담길도 생각나고, 맛있게 먹은 통문어 부대찌개도 생각나고, 무엇보다 지미봉에서의 성산과 우도를 품은 바다 절경이 일품이었다.	탐나는 문어	하도해수욕장 지미봉

올레길을 걷지 않았다면 아마 제주를 몰랐다고 말하는 게 맞을 거 같다. 그만큼 제주 올레길은 제주의 꽃이라고 할 만큼 아름다운 곳이었다. 때로는 무릎과 다리가 아파 쉬고 싶었지만, 신기한 건 아름다운 올레길을 걸으면 걷고 싶지 않아도 저절로 걷게 되는 마법이 일어났다.

올레 센터에 완주증을 받으러 간 날이 생각난다. 그냥 가서 완주증만 받는다고 생각했다. 하지만 직원이 완주증을 주면서 그 속에 적힌 문구를 하나하나 또박또박 큰 소리로 읽어주는 게 아니겠는가! 테이블에 앉아 있던 사람들 모두가 손뼉까지 쳐 줘서 눈물이 살짝 나올락 말락 했다.

내 눈에 눈물이 맺히게 한 완주증에 적힌 문구다.

당신은 제주의 아름다운 바다와

오름, 돌담, 곶자왈, 사시사철 푸른 들과 정겨운 마을들을 지나,

평화와 치유를 꿈꾸는

제주올레의 모든 코스 437km를

두 발로 걸어서 완주한

아름답고 자랑스러운 제주올레 도보 여행자입니다.

어떻게 내 마음을 이렇게 몇 줄 안 되는 글로 울릴 수 있을까? 감동이었다. 제주 올레길 완주증이라는 새로운 내 인생의 역사를 썼다. '437km'라는 숫자를 생각한 것이 아니라 그냥 한 코스 한 코스씩 목표를 두었던 게 중요했다. 그리고 도장을 쾅 찍는 기쁨. 그 하나를 완성하는 기쁨이 결국은 올레길 완주라는 목표를 이룰 수 있었다.

"1년 동안 제주에서 뭐 하셨어요?"란 질문에 자신 있게 말할 수 있다.

"아름다운 제주를 두 발로 다 걸어 다니며 진정한 제주를 보았어요. 제주 올레길이 최고였어요!"라고.

제주는 제주 올레길이
최고였어요!

한 서귀포 예찬론자의 고백

제주 1년 살이 후, 한 달 정도는 서귀포 앓이를 심하게 했다. 뭔지 모를 도시의 모든 것이 나를 답답하게 했다. 주위를 찬찬히 둘러보았더니 그 '뭔가'가 보이고 들리고 맡아졌다. 고층 건물에 가려진 쪽 하늘, 자동차 경적, 담배 냄새, 그리고 바쁘게 걷는 지하철 속의 사람들, 이 모든 것이 나를 힘들게 했다.

출근길, 전깃줄이 마구잡이로 얽힌 고층 건물 사이를 걷고 있으니 제주도의 삼나무 숲길이 저절로 떠올랐다. '아! 숲 냄새, 흙냄새, 바람 냄새. 봐도 봐도 눈이 시원했던 초록에 내 두 눈과 내 마음이 저절로 평온했는데.' 하며 혼자 한숨을 푹푹 내쉬며 걸었다. 길거리 자동차 경적의 빵빵대는 소리와 귀에 거슬리는 '부르르르르릉' 오토바이 소리를 들을 때면 머리가 지끈거렸다. 그 순간, 제주 휘파람새의 맑고 고운 '휘리리리익 휘리리리익' 노랫소리가 어찌나 듣고 싶었는지 모른다. 또 길거리 아저씨들의 고약한 담배 냄새를 맡으니 향긋한 아기 동백꽃에 코를 파묻고 있던 내 모습이 저절로 떠올랐다. 달콤한 향기에 취해 '아! 좋아라!' 하면서 미소 짓던 나를. 지하철 계단을 헉헉대며 숨 가쁘게 오르니 제주 오름이 그리웠다. 어떤 아름다운 경치가 날 맞이해 줄지 한 걸음 한 걸음 궁금해하며 설레게 했던 제주 오름이.

간절히 그리웠다. 서귀포의 숲과 새 소리와 꽃향기와 오름이. 엄마의 품처럼 나를 한없이 따뜻하게 품어준 제주의 자연이 마냥 그리웠다. 자연과 함께 살다가 딱딱한 콘크리트 건물 속에 있으니 마음이 팍팍해지고 감성이 메말라졌다. 도저히 도시에 못 살겠다 싶어서 시도 때도 없이 아내에게 제주 내려가서 살면 안 되냐고 물어봤었다. 무슨 이야기를 해도 서귀포 타령을 지인들에게 하는 나를 발견했다.

나, 머리부터 발끝까지 완전히 서귀포 예찬론자다. 아내 없이 아이들 둘 데리고 가고 싶은 만큼 서귀포를 아주 많이 사랑한다. 왜 서귀포가 그렇게나 좋은지 지금부터 일장 연설을 좀 해보고자 한다. 일단, 서귀포에는 사람이 많지 않아 정말 살기 좋다. 마트를 가건, 병원을 가건, 은행을 가건 사람이 많지 않으니 오래 기다릴 필요가 없었다. 도시에 살 때는 아파트 엘리베이터 기다릴 때, 지하철 승하차할 때, 병원 차례 기다릴 때, 차 몰고 도로에 나올 때, 사람이 많아서 기다리는 게 그냥 일상이었다. 하지만 서귀포에서 살아보니 도서관 주차장은 늘 비어 있고, 은행도 바로 이용할 수 있고, 아파트도 저층이니 엘리베이터 자체를 기다릴 필요가 전혀 없었다. 도시에 사는 동안 내가 '기다리는 것' 때문에, 얼마나 큰 스트레스를 자주, 몰래몰래, 그리고 많이 받았는지를 서귀포에 와서 확실히 알 수 있었다.

내가 살던 서귀포가 좋은 또 다른 이유는 집 근처에 편의시설과 자연이 다 있다는 거다. 조금만 걸어 나가면 마트가 있어 장 보고 먹고살기엔 아무 문제가 없었고, 병원도 많아서 아이들이 아파도 전혀 걱정할 게 없었다. 그리고 도서관도 코앞에 있어서 일주일 내내 도서관에서 아이들과 책을 읽었다. 게다가 초등학교도 근처에 있고 중학교, 고등학교까지 바로 붙어 있어 계속 살고 싶었다. 편의시설도 이렇게 잘 갖춰져 있는데 집 주위에 산책로와 걷기 좋은 공원까지 있어 늘 자연과 함께 살았다. 집 주위에 있는 '하영올레길'을 쭉 따라가면 천지연폭포도 만나고, 조금만 더 걸으면 바다를 보면서 새섬 산책까지 할 수 있었다. 인문환경과 자연환경이 골고루 갖춰진 서귀포에 1년 살다 보니 서귀포 예찬론자가 안 될 수가 없었다.

또한, 다양한 문화 혜택을 누린 것도 빼놓을 수 없었다. 어디를 가든 360도 시야가 뻥 뚫리는 자연을 보여주는 서귀포는 그 자체가 하나의 미술품이었으며, 그런 아름다운 자연이 내게는 가장 큰 문화 혜택이었다. 그런 자연 말고도 익히 잘 알고 있는 제주의 다양한 박물관도 아이들이나 어른들에게 소중한 문화 공간이었다. 주말에 아이들이 심심해할 때는 1시간 내로 다양한 박물관으로 갈 수 있어 주말을 기다려야 했을 정도였다. 자연과 문화가 숨 쉬는 제주야말로 아이들이 살기에 딱 맞는다고 생각했다.

부산에 돌아온 지 어느덧 1년이 흘렀다. 그렇게 답답하게 나를 조였던 고층 건물과 자동차 경적, 많은 사람에 조금씩 적응이 되어간다. 물론 잠들 때마다 들리는 오토바이 소리는 아직도 적응이 안 되지만 말이다. 내가 농담으로 한 번씩 제주 가서 살자고 하면 아내는 아이들이 5, 6학년 정도 될 때까지는 아이들 키우기 좋은 부산에 있자고 하는데 아내 말이 맞는 것 같다. 집 근처에 장인어른과 장모님께서 육아에 큰 도움을 주시기 때문에 당분간은 부산에 있는 게 좋겠다.

하지만 아이들이 고학년이 되면 그때는 정말 제주에 한번 내려가 볼까 생각이 든다. 고3 때 같은 반 친구 녀석이 제주 서귀포에 떡하니 자리 잡고 있으니 둘이 같이 제주에 살면 그때처럼 얼마나 재미있을까?

서귀포야 몇 년만 딱 기다려라. 내가 간다. 그때는 정말 용기 내어 제주로 초등임용고시를 칠지도 모른다. 하하하.